瑞蘭國際

瑞蘭國際

瑞蘭國際

¡A viajar!

帶著西班牙語趴趴走

ESPAÑOL

José Gerardo Li Chan　著

Esteban Huang　譯

體驗熱情繽紛的 西班牙與拉丁美洲！

　　西班牙語是世界上第三大語言，隨著全球化與跨國遷移的發展，使用西班牙語的地區和人口日益增加。西班牙與拉丁美洲以其豐富多元的歷史文化、自然環境、文化遺產，吸引全世界旅客造訪。

　　當您到西語系國家旅行，這些國家並非每個地區都能以英語和當地人溝通，若您具備基礎西班牙語的能力，會讓您的旅程更加愉快順利，同時天性熱情好客的西語系國家人民，也更願意提供您旅途上的協助。

　　因此，作者設計了這本實用的《帶著西班牙語趴趴走》，將旅行西語系國家所需具備的西班牙語及相關資訊，一次呈現給您。當您通曉西班牙語，可以更了解西語系國家的傳統文化與風俗習慣，降低文化差異的衝突，增加文化理解的樂趣。

帶著西班牙語趴趴走！

　　這本書共分九章，從「西班牙文超簡單」開始，邀請您學習西班牙語的發音與重音規則。接著循序安排八種旅行必備的西班牙語情境：「超基本西班牙文用語」、「抵達機場」、「入住飯店」、「交通工具」、「享用美食」、「購物逛街」、「觀光遊覽」、「緊急求助」。最後的附錄是「西語系國家概觀」，帶領您進入多采多姿的西班牙與拉丁美洲國家。讓您一書在手，輕鬆走遍西語系國家。

學習不同場合所需的西班牙語。「西班牙語我最行」的語句替換單元，讓您透過實用性最高的句型與重要單字替換，隨心所欲創造西班牙語句子。

最後，在「暢遊西語系國家」單元裡，提供您旅行西語系國家的各項祕訣和注意事項，您還可以在這裡發現許多西班牙與拉丁美洲國家使用西班牙語的地區差異，以及文化習慣的比較，這些資訊都是作者多年來的體驗和紀錄。

¡A viajar! 下一站，西語系國家！

其實，學習西班牙語可以方便又有趣，西班牙語更是個實用的好工具。當您循序漸進閱讀本書，不僅可以學習到實用的西班牙語，也同時替您的旅遊行程做好完善的規畫。

準備好了嗎？拿起護照和行李，下一站，西語系國家。¡Buen viaje!

如何使用本書

如何使用本書

第七篇

36

Pago

付款

你可以這樣說

全書共 45 則最真實的情境會話，模擬各種場合會遇到的情況，讓您一開口就說出最適切的西班牙語！

你可以 這樣說

A: ¿Puedo ver ese maletín?
我可以看那個公事包嗎？

B: Sí, claro. Aquí tiene.
好的，當然可以。在這裡。

A: ¿De qué material está hecho?
它是用什麼材料做的？

B: Cuero. Y está en promoción.
皮革。而且現在有促銷。

A: ¿Cuánto vale?
多少錢？

B: Tres mil pesos.
三千披索。

A: ¿Puedo pagar con tarjeta de crédito?
可以用信用卡付款嗎？

B: Claro.
當然。

暢遊西語系國家

在西語系國家，哪些東西非吃不可？哪些地方非去不可？用餐有什麼規矩非遵守不可？作者細數在西語系國家旅遊必知的大小事，讓您更了解西語系國家！

作者親自錄製所有會話與例句，一邊聽、一邊跟著唸，您也可以說出一口標準又自然的西班牙語！

西班牙文我最行

西班牙文我最行

作者精選實用性最高的句型與單字，只要記下句型或代換句中單字，您就可以隨心所欲創造句子，溝通零阻礙！

可以這樣說！

¿De qué material está hecho? 它是用什麼材料做的？

Plástico 塑膠	Madera 木頭	Metal 金屬
Algodón 棉布	Lana 羊毛	Seda 絲綢
Oro 金	Plata 銀	Cobre 銅
Coral 珊瑚	Cristal 水晶	Vidrio 玻璃
Marfil 象牙	Ónix 瑪瑙	Acero inoxidable 不鏽鋼

套進去說說看！

¿Puedo pagar con tarjeta de crédito?

可以用信用卡付款嗎？

cheque viajero 旅行支票　　　　　　cupón 禮券

暢遊西語系國家

① 當您使用旅行支票付款，記得先詢問店員：「¿Cobran comisión por pagar con cheque viajero?」（如果使用旅行支票付款，你們會收取手續費嗎？）

② 在某些國家消費，您可以辦理退稅。消費前您必須確認可以退稅的店家，並請店員協助填寫退稅表格。您可以在機場辦理外籍旅客退稅，這時請說：「Deseo solicitar la devolución de impuestos.」（我要辦理退稅。）

③ 如果您計畫送禮給西班牙或拉丁美洲的朋友，請記得當地送禮的習慣：

（1）沒有帶伴手禮就去拜訪朋友，是不禮貌的舉動。

（2）避免送任何與數字 13 有關的物品，因為 13 象徵惡運；不要送刀子或剪刀，因為這些工具象徵剪斷彼此的關係；送花不可以送菊花和大麗花（又稱大理花），因為這些花與死亡有關。

107

購物逛街

如何
使用本書

模擬真實情境

鎖定「基本用語」、「抵達機場」、「入住飯店」、「交通工具」、「享用美食」、「購物逛街」、「觀光遊覽」、「緊急求助」8 大主題，附錄中更詳細介紹各個西語系國家的著名景點及文化特色，讓您一書在手，西語系國家輕鬆趴趴走！

第八篇
觀光遊覽

| 37 | 當地旅行團 Excursiones locales
| 38 | 教堂 Iglesias
| 39 | 博物館 Museos
| 40 | 風景 Paisajes
| 41 | 表演 Espectáculos
| 42 | 拍照 Fotografías
| 43 | 在郵局 En el correo

第一篇
01
母音與子音
Vocales y consonantes

1. 西班牙語共有二十九個字母，除了ch、ll、ñ等西語專有字母外，其餘字母我們都很熟悉。每個字母有大小寫、讀音和拼音。讀音很少使用，只在拼寫單字、人名或念讀字母順序時會用到。但是字母的拼音非常重要，因為拼讀單字時需要用到字母的拼音。

2. 西班牙語的發音非常簡單，只要掌握字母拼音和重音規則，就能開口讀出單字。二十九個字母可以分成五個母音和二十四個子音。

3. 西班牙皇家學會（Real Academia Española）在2010年11月制訂的最新規定，將Ch和Ll從字母表中刪去；並將w的讀音改成「doble uve」、將y的讀音改成「ye」、將z的讀音改成「zeta」。但因應西語系國家不同的使用習慣和傳統，該會所制訂的西班牙語最新規定，僅供各國參考。

你可以這樣說 ▶ **母音**

大寫	小寫	讀音	拼　　音
A	a	a	ㄚ（強母音）
E	e	e	ㄝ（強母音）
I	i	i	ㄧ（弱母音）
O	o	o	ㄛ（強母音）
U	u	u	ㄨ（弱母音）

你可以這樣說 ▶ **子音**

大寫	小寫	讀音	拼　　音
B	b	be	ㄅ
C	c	ce	ㄍ（在a、o、u前，輕聲）；ㄙ/th（在e、i前）
Ch	ch	che	ㄔ
D	d	de	ㄉ

014

西班牙語字母發音超簡單

西班牙語只有「a、e、i、o、u」共5個母音和24個子音，只要掌握字母唸法和重音規則，看到單字就可以馬上發音，輕鬆開口說西班牙語！

目錄

作者序 002

如何使用本書 004

 第一篇 **西班牙文 超簡單**

| 01 | 母音與子音 Vocales y consonantes 014

| 02 | 發音與重音 Pronunciación y acento 016

 第二篇 **超基本 西班牙文用語**

| 03 | 問候 Saludos 028

| 04 | 介紹自己 Presentación personal 030

| 05 | 電話號碼 El número de teléfono 032

| 06 | 電子郵件 El correo electrónico 034

| 07 | 表達禮貌 Cortesía 036

 第三篇 **抵達 機場**

| 08 | 登記 Facturación del equipaje 040

| 09 | 機上服務 Servicios en el avión 042

| 10 | 提領 Reclamación del equipaje 044

| 11 | 入境管理處 Control de pasaportes 046

| 12 | 海關 Aduanas 048

| 13 | 旅遊資訊 Oficina de información turística 050

| 14 | 兌換 Cambio de divisas 052

第四篇 入住飯店

| 15 | 預約 Reservaciones 056

| 16 | 住宿登記 Registro en el hotel 058

| 17 | 更換房間 Cambio de habitación 060

| 18 | 打電話 Llamada telefónica 062

| 19 | Morning Call 064

| 20 | 保險箱 Cajas de seguridad 066

| 21 | 退房 La salida 068

第五篇 交通工具

| 22 | 計程車 Tomando el taxi 072

| 23 | 捷運 Tomando el metro 074

| 24 | 公車 Tomando el bus 076

| 25 | 火車 Tomando el tren 078

| 26 | 租車 Alquilando un coche 080

第六篇 享用美食

| 27 | 餐廳預約 Reservas y recomendaciones 084
| 28 | 抵達餐廳 En el restaurante 086
| 29 | 點菜 El menú 088
| 30 | 傳統食物 Comidas tradicionales 090
| 31 | 飲料 Bebidas 094
| 32 | 買單 La cuenta 096

第七篇 購物逛街

| 33 | 問路 Preguntando una dirección 100
| 34 | 購物 De compras 102
| 35 | 殺價 Regateando un precio 104
| 36 | 付款 Pago 106

第八篇 觀光遊覽

| 37 | 當地旅行團 Excursiones locales 110
| 38 | 教堂 Iglesias 112
| 39 | 博物館 Museos 114

| 40 | 風景 Paisajes 116

| 41 | 表演 Espectáculos 118

| 42 | 拍照 Fotografías 120

| 43 | 在郵局 En el correo 122

第九篇 緊急求助

| 44 | 緊急狀況 Situaciones de emergencia 126

| 45 | 就醫 En el hospital 128

| 46 | 遺失物品 Objetos extraviados 130

| 47 | 迷路 Personas perdidas 132

附錄 西語系國家概觀　作者 / Esteban Huang

| 48 | 西班牙 España 136

| 49 | 墨西哥與中美洲國家 México y América Central 146

| 50 | 南美洲國家 América del Sur 156

¡ Qué fácil !
真簡單!

第一篇
西班牙文超簡單

| 01 | 母音與子音 Vocales y consonantes |
| 02 | 發音與重音 Pronunciación y acento |

01 母音與子音

Vocales y consonantes

1. 西班牙語共有二十九個字母，除了ch、ll、ñ等西語專有字母外，其餘字母我們都很熟悉。每個字母有大小寫、讀音和拼音。讀音很少使用，只在拼寫單字、人名或念讀字母順序時會用到。但是字母的拼音非常重要，因為拼讀單字時需要用到字母的拼音。

2. 西班牙語的發音非常簡單，只要掌握字母拼音和重音規則，就能開口讀出單字。二十九個字母可以分成五個母音和二十四個子音。

3. 西班牙皇家學會（Real Academia Española）在2010年11月制訂的最新規定，將Ch和Ll從字母表中刪去；並將w的讀音改成「doble uve」、將y的讀音改成「ye」、將z的讀音改成「zeta」。但因應西語系國家不同的使用習慣和傳統，該會所制訂的西班牙語最新規定，僅供各國參考。

你可以這樣說 — **母音**

大 寫	小 寫	讀 音	拼 音
A	a	a	ㄚ（強母音）
E	e	e	ㄝ（強母音）
I	i	i	ㄧ（弱母音）
O	o	o	ㄛ（強母音）
U	u	u	ㄨ（弱母音）

你可以這樣說 — **子音**

大 寫	小 寫	讀 音	拼 音
B	b	be	ㄅ
C	c	ce	ㄍ（在a、o、u前，輕聲）；ㄙ / th（在e、i前）
Ch	ch	che	ㄔ
D	d	de	ㄉ

F	f	efe	ㄈ
G	g	ge	ㄍ（在a、o、u前，喉音）；ㄏ（在e、i前）
H	h	hache	拼音時一律不發音
J	j	jota	ㄏ
K	k	ka	ㄎ
L	l	ele	ㄌ
Ll	ll	elle	ㄓ
M	m	eme	ㄇ
N	n	ene	ㄋ
Ñ	ñ	eñe	ㄋㄧ
P	p	pe	ㄆ（拼音時聲音跟B相近，但發音較強）
Q	q	cu	ㄎ
R	r	erre	ㄌ（拼音時聲音跟L相近，但發音較輕柔）
S	s	ese	ㄙ
T	t	te	ㄊ（拼音時跟D相似，但發音較強）
V	v	uve	ㄅ（拼音時聲音跟B一樣）
W	w	uve doble	ㄅ；ㄨ（通常是外來語用）
X	x	equis	ㄍㄙ；ㄎㄙ
Y	y	i griega	ㄓ（拼音時聲音跟Ll相近，但發音較輕）
Z	z	zeta	th（西班牙發此音）； S（拉丁美洲和西班牙南部發此音）

你可以這樣說 ▶ 雙母音

ia	ua	ai	au
ie	ue	ei	eu
io	uo	oi	ou
iu	ui		

你可以這樣說 ▶ 三母音

iai	iei	uai	uei

02

發音與重音

Pronunciación y acento

1. 本節第一部分是單母音與子音發音練習、雙母音單字發音練習，每個單母音都可構成一個獨立的音節，遇到雙母音和三母音時，同樣構成一個獨立音節。當您多加練習這個部分的發音之後，可以幫助您掌握西班牙語單字念讀時的音節區分。

2. 第二部分是西班牙語的重音規則與基本文法，西班牙語的重音規則非常簡單易懂，請您跟著一起練習即可學會。西班牙語的基本文法部分要提醒您如何區分名詞、定冠詞的陽性與陰性，以及複數的寫法，當您了解這些文法後，便可以輕鬆自如地使用其他章節的西班牙語句子和單字。

你可以這樣說 ── 發音（母音與子音）

子　音	與母音拼讀
B　b	ba　be　bi　bo　bu
代表單字 ▶bebé 嬰兒　▶bien 好	

子　音	與母音拼讀
C　c	ca　ce　ci　co　cu
代表單字 ▶boca 嘴巴　▶banco 銀行	

小提醒 ca、co、cu的c都發「ㄍ」的音。但是ce、ci的c在西班牙要發「th」的音，在拉丁美洲與西班牙南部發「s」的音。

子 音	與 母 音 拼 讀
Ch ch	cha che chi cho chu
代表單字 ▶coche 車子　▶chica 女孩	

子 音	與 母 音 拼 讀
D d	da de di do du
代表單字 ▶dedo 手指　▶doce 十二	

子 音	與 母 音 拼 讀
F f	fa fe fi fo fu
代表單字 ▶café 咖啡　▶chófer 司機	

子 音	與 母 音 拼 讀
G g	ga ge gi go gu gue gui 小心不要念錯哦！ güe güi
代表單字 ▶gafas 眼鏡　▶agenda 行事曆 ▶guía 導遊　▶pingüino 企鵝	

小提醒 ga、go、gu的g都發「ㄍ」的音，但是ge、gi的g要發「ㄏ」的音。而原來「ㄍ」的音碰到e、i這兩個母音，必須寫成gue、gui這兩個拼音。若u有發音的必要時，要寫成ü。

子 音	與 母 音 拼 讀
H h	ha he hi ho hu

代表單字 ▶ hecho 製造　　▶ hogar 家

子 音	與 母 音 拼 讀
J j	ja je ji jo ju

代表單字 ▶ caja 盒子　　▶ jefe 老闆

小提醒 je、ji的發音跟ge、gi的發音相同。

子 音	與 母 音 拼 讀
K k	ka ke ki ko ku

代表單字 ▶ kilo 公斤　　▶ kilómetro 公里

子 音	與 母 音 拼 讀
L l	la le li lo lu

代表單字 ▶ bola 球　　▶ lago 湖

子 音	與 母 音 拼 讀
Ll ll	lla lle lli llo llu

代表單字 ▶ gallo 公雞　　▶ caballo 馬

子 音	與 母 音 拼 讀
M　m	ma　me　mi　mo　mu

代表單字 ▶ mamá 媽媽　　　▶ cama 床

子 音	與 母 音 拼 讀
N　n	na　ne　ni　no　nu

代表單字 ▶ nadar 游泳　　　▶ mono 猴子

子 音	與 母 音 拼 讀
Ñ　ñ	ña　ñe　ñi　ño　ñu

代表單字 ▶ niño 男孩　　　▶ baño 浴室

子 音	與 母 音 拼 讀
P　p	pa　pe　pi　po　pu

代表單字 ▶ pagar 付款　　　▶ piña 鳳梨

子 音	與 母 音 拼 讀
Q　q	que　　qui

代表單字 ▶ cheque 支票　　　▶ pequeño 小的

子 音	與 母 音 拼 讀
R　r	ra　re　ri　ro　ru

代表單字 ▶ dinero 錢　　　▶ caro 貴的

子 音	與 母 音 拼 讀
rr	rra rre rri rro rru

(代)(表)(單)(字) ▶ perro 狗　　　　　▶ cigarro 香菸

小提醒👆 rr不是獨立的西班牙語字母，所以不會出現在字母表中。rr的發音比r來得強，但發音方式跟r相同，只要多次顫動即可。rr固定出現在二個母音間，發音時不能分開拼讀，必須跟之後的母音一起拼讀。

子 音	與 母 音 拼 讀
S s	sa se si so su

(代)(表)(單)(字) ▶ camisa 襯衫　　　　▶ sofá 沙發

子 音	與 母 音 拼 讀
T t	ta te ti to tu

(代)(表)(單)(字) ▶ maleta 行李　　　　▶ televisión 電視

子 音	與 母 音 拼 讀
V v	va ve vi vo vu

(代)(表)(單)(字) ▶ vaso 杯子　　　　　▶ vaca 牛

子 音	與 母 音 拼 讀
W w	wa we wi wo wu

(代)(表)(單)(字) ▶ whisky 威士忌　　　▶ kiwi 奇異果

子 音	與 母 音 拼 讀
X　x	xa　xe　xi　xo　xu

代表單字 ▶ taxi 計程車　　　▶ examen 測驗

子 音	與 母 音 拼 讀
Y　y	ya　ye　yi　yo　yu

代表單字 ▶ ya 已經　　　▶ ayuda 救命

子 音	與 母 音 拼 讀
Z　z	za　ze　zi　zo　zu

代表單字 ▶ zapato 鞋子　　　▶ manzana 蘋果

子音L和R的拼音練習

al	el	il	ol	ul

代表單字 ▶ alfabeto 字母　　　▶ alto 高的

ar	er	ir	or	ur

代表單字 ▶ celular 手機　　　▶ comer 吃

bla	ble	bli	blo	blu

代表單字 ▶ hablar 說　　　▶ blanco 白色

bra	bre	bri	bro	bru

代表單字 ▶ libro 書　　　▶ abrigo 外套

你可以這樣說 ▶ 發音（雙母音單字練習）

雙母音	單字練習	
ia	▶ familia 家庭	▶ iglesia 教堂
ie	▶ tiempo 時間	▶ bienvenido 歡迎光臨
io	▶ horario 時刻表	▶ precio 價格
iu	▶ ciudad 城市	▶ viudo 鰥夫
ua	▶ aduana 海關	▶ cuaderno 筆記本
ue	▶ descuento 折扣	▶ puerto 港口
uo	▶ antiguo 舊的	▶ cuota 配額
ui	▶ ruido 噪音	▶ cuidado 關心
ai	▶ aire 空氣	▶ baile 舞蹈
ei	▶ peine 梳子	▶ reinado 在位期間
oi	▶ oiga 聽到	▶ heroica 英勇的
au	▶ aula 教室	▶ aunque 雖然
eu	▶ Europa 歐洲	▶ deudor 債務人
ou	▶ bou 拖網船	▶ Bourel 布雷爾（姓氏）

你可以這樣說 — 重音

1 有重音符號時，重音在有重音符號的音節。例如：

▶ **mamá** 媽媽　　　▶ **café** 咖啡

2 母音和子音n、s結尾的詞，重音在倒數第二個音節。例如：

▶ **silla** 椅子　　　▶ **mapas** 地圖

3 以n、s以外的子音結尾時，重音在最後一個音節。例如：

▶ **calidad** 品質　　　▶ **reloj** 鐘／錶

4 遇到雙母音的單字，重音在強母音a、e、o。例如：

▶ **huevo** 蛋　　　▶ **cuadro** 畫

5 由兩個弱母音組成的單字，重音在後面的母音。例如：

▶ **diurno** 白天的　　　▶ **ruido** 噪音

6 遇到ar、er、ir時，重音在該字。

西班牙文我最行：
超基本文法規則

1. 超基本文法規則：名詞和形容詞的陽性、陰性

①西班牙語的名詞有陽性、陰性之分，通常名詞字尾出現「a」、「ción」、「sión」、「dad」這四種情形時，代表這個名詞是陰性名詞，若名詞字尾沒有上述四種情形時，就代表這個單字是陽性名詞。所以「maleta」（行李）的字尾是「a」、「habitación」（房間）的字尾是「ción」、「diversión」（娛樂）的字尾是「sión」、「navidad」（聖誕節）的字尾是「dad」，都是陰性名詞。而「dinero」（錢），則是陽性名詞。

然而，有許多西班牙語單字不符合上述規則，例如「el mapa」（地圖）是陽性名詞、「la moto」（摩托車）是陰性名詞。如果碰到字尾是「e」的單字，通常無法直接判斷該名詞為陽性或陰性，例如「el café」（咖啡）是陽性名詞、「la clase」（課程）則是陰性名詞。因此學習西班牙語名詞的最佳方法，就是一起學習定冠詞和名詞。

②西班牙語的形容詞必須配合名詞的陽性、陰性之分，所以也有陽性、陰性的分別。一般來說，形容詞字尾的字母為「o」時，代表是陽性形容詞，形容詞字尾的字母為「a」時，代表是陰性形容詞。例如「maleta pequeña」（小的行李），因為「maleta」（行李）是陰性名詞，所以必須將「pequeño」（小的）的字尾從「o」改為「a」。

③當名詞為男性時，形容詞字尾的字母一律改為「o」，當名詞為女性時，形容詞字尾的字母一律改為「a」。所以當男性想說我很累的時

候，必須說：「Yo estoy cansado.」；而當女性想說我很累的時候，必須說：「Yo estoy cansada.」。

④西班牙語的定冠詞也隨著名詞而有陽性、陰性之分，陽性名詞的定冠詞是「el」（單數）、「los」（複數），陰性名詞的定冠詞是「la」（單數）、「las」（複數）。

2. 超基本文法規則：名詞和形容詞的單數、複數

①西班牙語的名詞和形容詞都有單數、複數之分，單數名詞搭配單數形容詞，複數名詞搭配複數形容詞。單數名詞和形容詞字尾加上「s」或「es」，就是複數名詞和形容詞。

②單數名詞的字尾字母是母音時，字尾加上「s」就是複數名詞。單數名詞的字尾字母是子音時，字尾加上「es」就是複數名詞。所以「lámpara」（檯燈）是單數名詞，字尾是母音「a」，要表示複數時必須在字尾加上「s」寫成「lámparas」。「ciudad」（城市）是子音「d」結尾的名詞，要表示複數時必須在字尾加上「es」寫成「ciudades」。

③在西班牙語中，定冠詞、名詞、形容詞的陽性與陰性變化、單數與複數變化，必須一致。例如：「la maleta pequeña」（一個小的行李），就是「單數／陰性定冠詞＋單數／陰性名詞＋單數／陰性形容詞」。例如：「los médicos gordos」（胖的醫生們），就是「複數／陽性定冠詞＋複數／陽性名詞＋複數／陽性形容詞」。

¡Hola!

你好！

第二篇
超基本 西班牙文用語

03 問候 Saludos

04 介紹自己 Presentación personal

05 電話號碼 El número de teléfono

06 電子郵件 El correo electrónico

07 表達禮貌 Cortesía

第二篇

| 03 |

問候 Saludos

你可以這樣說

A: Buenos días.
早安。

B: ¡Hola! Buenos días.
你好！早安。

A: ¿Cómo estás?
你好嗎？

B: Bien, ¿y tú?
很好，你呢？

A: Bien, gracias.
很好，謝謝。

B: ¡Hasta luego!
再見！

A: ¡Adiós!
再見！

西班牙文我最行

可以這樣說！

Buenos días.	早安。
Buenas tardes.	午安。
Buenas noches.	晚安。

套進去說說看！

¿Cómo estás?	你好嗎？
Bien	很好。

más o menos 還好	**feliz / contento (a)** 高興
cansado (a) 很累	**ocupado (a)** 很忙
enfermo (a) 生病了	**resfriado (a)** 感冒了

小提醒：
西班牙語的形容詞字尾，男女有別喔！當說話的人是男性，形容詞的字尾是「o」
（例如 ocupado）；而當說話的人是女性，形容詞的字尾就要改成「a」（例如
ocupada）。

暢遊西語系國家

　　對熱情開放的西班牙和拉丁美洲人來說，和朋友打招呼的時候，除了擁抱，還會
熱情地跟對方親吻。親吻的方式是臉頰互碰，同時輕輕地發出親吻的聲音。男性和女
性或兩個女性見面的時候，會互相擁抱和親吻。而兩個男性見面的時候，只會擁抱和
握手，不親吻。

　　「¿Cómo estás?」這句話，是最常見的問候語，但是也可能有人會跟你說：「¿Qué
tal?」或「¿Cómo te va?」，一樣都是「你好嗎？」的意思喔！

　　在一些拉丁美洲國家，例如：阿根廷、烏拉圭、巴拉圭、瓜地馬拉、宏都拉斯、
尼加拉瓜和哥斯大黎加，會使用「vos」這個字代替「tú」。所以當你問候拉丁美洲的
朋友說：「¿Cómo estás?」，他們可能會說：「Bien, ¿y vos?」

你可以這樣說

A: ¿Cómo te llamas?

你叫什麼名字？

B: Me llamo María Chang. ¿Y tú?

我叫 María Chang。你呢？

A: Yo soy José Li.

María te presento a Esteban Huang.

我叫 José Li。

讓我介紹 Esteban Huang 給妳（María）認識。

C: Mucho gusto.

幸會。

B: El gusto es mío.

我的榮幸。

西班牙文我最行

可以這樣說！

María te presento a **Esteban Huang.**
讓我介紹 Esteban Huang 給妳（María）認識。

Él es el señor Li. 　　　　　　　　　他是李先生。
Ella es la señorita Huang. 　　　　　她是黃小姐。
Ella es la señora Chen. 　　　　　　她是陳太太。

暢遊西語系國家

① 「señor」可用於任何年齡的男性，「señorita」也可用於任何年齡的女性，而「señora」
只用於年紀較大的女性，所以說話的時候要特別注意！

② 西班牙和拉丁美洲人的姓名都有一到二個名字和二個姓，所以姓名通常會有三到四
個字，有人的姓名還可能會超過四個字以上。名字中的第一個姓是父親的姓，第二
個姓是母親的姓。

③ 已婚女性通常會把丈夫的第一個姓，加入自己名字後（ de ~ ），或加在自己的第一
個姓之後。像「María Flores de Bonilla」，就代表「María」嫁給「Bonilla」先生。

④ 「Mucho gusto」代表幸會的意思。男性也可以說：「Encantado」，女性可以說：
「Encantada」。

你 可 以 這 樣 說

A: Disculpa, ¿cuál es tu número de teléfono?
請問，你的電話號碼是幾號？

B: Mi número es 0971-283-465. ¿Y el tuyo?
我的電話號碼是 0971-283-465。你的呢？

A: Es 2345-6897, extensión 23.
我的電話號碼是 2345-6897，分機 23。

B: Disculpa, ¿puedes repetir, por favor?
對不起，可以再說一次嗎？

A: ¡Claro! 2345-6897, extensión 23.
當然！ 2345-6897，分機 23。

西班牙文我最行

套進去說說看！

Mi número de teléfono es 0918-273-564.

我的電話號碼是 0918-273-564。

Los números 號碼：下面是常用的西班牙語數字

0	cero	10	diez	20	veinte	30	treinta	67	sesenta y siete
1	uno	11	once	21	veintiuno	31	treinta y uno	68	sesenta y ocho
2	dos	12	doce	22	veintidós	32	treinta y dos	70	setenta
3	tres	13	trece	23	veintitrés	40	cuarenta	71	setenta y uno
4	cuatro	14	catorce	24	veinticuatro	43	cuarenta y tres	72	setenta y dos
5	cinco	15	quince	25	veinticinco	44	cuarenta y cuatro	80	ochenta
6	seis	16	dieciséis	26	veintiséis	50	cincuenta	83	ochenta y tres
7	siete	17	diecisiete	27	veintisiete	55	cincuenta y cinco	90	noventa
8	ocho	18	dieciocho	28	veintiocho	56	cincuenta y seis	94	noventa y cuatro
9	nueve	19	diecinueve	29	veintinueve	60	sesenta	100	cien

暢遊西語系國家

　　用西班牙語說電話號碼，要一次讀出二個數字。30 以上的數字，則要分開說，例如 43 要讀成：「cuarenta y tres」。下面是幾個常用的西班牙語系國家國碼：西班牙（34）、墨西哥（52）、瓜地馬拉（502）、尼加拉瓜（505）、哥斯大黎加（506）、宏都拉斯（504）、巴拿馬（507）、多明尼加（1809）、秘魯（51）、厄瓜多（593）、哥倫比亞（57）、阿根廷（54）、智利（56）、巴拉圭（595）。

A: ¿Cuál es tu correo electrónico?
你的 e-mail 帳號是什麼？

B: Es jlch@email.com.
我的帳號是 jlch@email.com。

A: ¿Está bien así?
這樣對嗎？

B: Sí.
是的。

A: ¿Tienes "MSN" y "Facebook"?
你有 MSN 和 Facebook 嗎？

B: Sí, es la misma cuenta.
有的，都是一樣的帳號。

西班牙文我最行

套進去說說看！

¿Cuál es tu correo electrónico?　你的 e-mail 帳號是什麼？
Es jlch@email.com.　　　　　　　我的帳號是 jlch@email.com。

@ arroba　　　　　　　　　　　　小老鼠

. punto　　　　　　　　　　　　　點

– guión superior / normal　　　　小橫槓

_ guión inferior / bajo　　　　　　底線

· 下面是西班牙語字母的讀音，跟西班牙和拉丁美洲朋友問名字和電子郵件
帳號的時候，一定用得到，您下次就可以很快地把朋友的名字和帳號寫下來。

A	a	J	jota	R	erre
B	be	K	ka	S	ese
C	ce	L	ele	T	te
Ch	che	Ll	elle	U	u
D	de	M	eme	V	uve
E	e	N	ene	W	uve doble
F	efe	Ñ	eñe	X	equis
G	ge	O	o	Y	i griega
H	hache	P	pe	Z	zeta
I	i	Q	cu		

第二篇

07

表達禮貌

Cortesía

你可以這樣說

A: ¡Bienvenido a España!
歡迎蒞臨西班牙！

B: Gracias.
Disculpa, ¿cómo se dice " 漂亮 " en español?
謝謝。
請問，「漂亮」的西班牙語怎麼說？

A: Hermoso.
漂亮。

B: España es un país "hermoso".
¡Ah! Esto es para ti.
西班牙是一個「漂亮」的國家。
啊！這是給你的。

A: Gracias.
謝謝。

B: De nada.
不客氣。

西班牙文我最行

可以這樣說！

¡Bienvenido!	歡迎！
¿Cómo se dice "~" en español?	這句～的西班牙語怎麼說？
¿Qué significa "~"?	這句～是什麼意思？
¿Cómo se escribe "~"?	這句～怎麼寫？

暢遊西語系國家

在西班牙語系國家，碰到朋友打噴嚏，其他人都會馬上對他說：「Salud」，跟中文的「保重」是一樣的意思。您還可以使用下面四組句子，讓自己說西班牙語的時候，更有禮貌：

1. 想要表達道歉

A：Perdón. / Lo siento. / Mis disculpas.　　不好意思 / 對不起。
B：No se preocupe. / No pasa nada.　　不用擔心 / 沒關係。

2. 如果你不了解

A：¿Puedes repetir, por favor?　　可以請你再說一次嗎？
B：Claro. / Por supuesto.　　當然。
A：Hable más despacio / rápido, por favor.　　請您說慢（快）一點。

3. 想要表達祝福

A：¡Que tenga un buen día!　　祝您有個美好的一天！
A：¡Buen viaje!　　旅途愉快！
A：¡Buena suerte!　　祝你好運！
A：¡Feliz cumpleaños!　　生日快樂！
B：Muchas gracias.　　非常感謝。

4. 邀請別人參加活動

Pase adelante.　　請進。
Está usted en su casa.　　請您當作在自己家一樣。

¡Buen viaje!
旅途愉快！

第三篇
抵達機場

| 08 | 登記 Facturación del equipaje
| 09 | 機上服務 Servicios en el avión
| 10 | 提領 Reclamación del equipaje
| 11 | 入境管理處 Control de pasaportes
| 12 | 海關 Aduanas
| 13 | 旅遊資訊 Oficina de información turística
| 14 | 兌換 Cambio de divisas

第三篇

|08|

登記

Facturación del equipaje

你可以這樣說

A: ¿Me permite su pasaporte y su billete? Por favor, ponga su equipaje en la <u>balanza</u> / <u>báscula</u>.

可以給我您的護照和機票嗎？請您把行李放在秤上面。

B: Aquí tiene. Señorita, deseo un asiento al lado de la ventana.

在這裡。小姐，我要一個靠窗的位子。

A: Con gusto. Permítame un momento. Usted lleva <u>sobrepeso</u> / <u>exceso de equipaje</u>. Tiene que pagar cincuenta dólares.

好的。請稍候一下。您的行李超重了。您必須付五十元。

B: Aquí tiene.

在這裡。

A: Tiene que estar en la <u>puerta de abordaje</u> / <u>puerta de embarque</u> 5 a las 9:15 minutos p.m. Aquí tiene su pasaporte y la tarjeta de embarque.

您必須在九點十五分抵達五號登機門。這是您的護照和登機證。

西班牙文我最行

¿Me permite su pasaporte y su billete?

可以給我您的護照和機票嗎？

impuesto de salida 機場稅收據
tarjeta de embarque 登機證
equipaje 行李

Deseo un asiento al lado de la ventana.

我要一個靠窗的位子。

al lado del pasillo 靠走道　　　**juntos** 一起
adelante 靠前面　　　　　　**atrás** 靠後面

暢遊西語系國家

① 如果您在機場找不到航空公司櫃檯，您可以問旁邊的服務人員：「Disculpe, ¿dónde está el mostrador de la aerolínea "China Airlines"?」，或是：「¿Dónde está la ventanilla de facturación de la aerolínea "China Airlines"?」。這兩句話的意思都是說：「請問，中華航空的櫃檯在那裡？」

② 機場稅的西班牙語叫做：「impuesto de salida」或「impuesto de aeropuerto」。有些西班牙語系國家的機場稅和機票一起收費，有些國家則要求旅客先至機場櫃檯繳交機場稅，繳費完會拿到一張收據，旅客必須帶著這張收據，才能向航空公司櫃檯辦理登記，領取登機證。

③ 抵達候機室的時候，記得看一下機場螢幕上的班機資訊：登機（embarcando）、登機門（puerta de embarque）、班機準時（a tiempo）、或班機延遲（retrasado），才不會錯過班機。

④ 每家航空公司准許的行李重量都不同，所以務必要看清楚機票上的說明，或是打電話到航空公司確認。如果您的行李超重，記得向櫃檯詢問超重須加收的費用是多少，以及多託運一件行李的費用是多少。因為有時航空公司向乘客索取行李超重的費用，比乘客多託運一件行李的費用還高。

你可以這樣說

A: Disculpe, ¿dónde está el asiento 55A?

請問，55A 座位在那裡？

B: Siga recto. Está a la izquierda.

直走。左邊就是了。

B: ¿Qué desea tomar? Hay Coca Cola, jugo de naranja y cerveza.

您想喝什麼飲料？有可樂、柳橙汁和啤酒。

A: Deme una botella de Coca Cola, por favor.

請給我一瓶可樂。

B: ¿Qué menú prefiere? Hay bistec, pollo y pescado.

您喜歡哪種餐點？有牛肉、雞肉和魚排餐。

A: Deme pollo por favor. ¿Me trae unos audífonos, por favor?

請給我一份雞肉餐。可以請您給我一副耳機嗎？

B: Con mucho gusto.

我的榮幸。

西班牙文我最行

套進去說說看！

Disculpe, ¿dónde está el asiento 55A? 請問，座位 55A 在那裡？
Siga recto. Está a la izquierda. 直走。左邊就是了。

......

izquierda 左邊　　　　　　**derecha** 右邊

套進去說說看！

¿Qué desea tomar? 您想喝什麼飲料？
Deme un jugo de naranja. 請給我柳橙汁。

......

vaso de agua 一杯水　　　　**jugo de uva** 葡萄汁
jugo de manzana 蘋果汁　　　**vaso de cerveza** 一杯啤酒
vino tinto 紅酒　　　　　　**vaso de tequila** 一杯龍舌蘭酒

小提醒：您可以在第六篇學到更多西語系國家食物的名稱！

套進去說說看！

¿Me trae unos audífonos, por favor?

可以請您給我一副耳機嗎？

......

una almohada 一個枕頭　　　**una manta** 一張毛毯
un periódico 一份報紙　　　**una revista** 一份雜誌

暢遊西語系國家

　　如果您不知道該如何填寫入境單，可以跟空服員說：「¿Me puede ayudar a completar este formulario?」，意思是：「可以請您協助填寫這份表格嗎？」如果在機場需要上廁所，下列單字都代表廁所的意思：「Servicios / Lavabos / Tocador / Baños」。而「Damas / Mujeres」代表女廁，「Caballeros / Hombres」代表男廁，小心別走錯。

抵達機場

你可以這樣說

A: Mi equipaje no ha llegado.

我的行李沒有到機場。

B: ¿Tiene usted la etiqueta de reclamo del equipaje?

您有行李提領證嗎？

A: Si, aquí tiene. Es una maleta mediana.

Tiene una etiqueta con mi nombre.

有，在這裡。是一個中型行李箱。
上面有一個我的姓名標籤。

B: Deme la dirección y número de teléfono de su hotel.

Se la enviaré tan pronto como la encuentre.

請給我您的飯店地址和電話號碼。
找到行李後，會盡速送給您。

A: Muchas gracias.

非常感謝。

西班牙文我最行

套進去說說看！

Es una maleta mediana.	這是一個中型的行李箱。

pequeña 小的　　　　　　　**grande** 大的

de metal 金屬的　　　　　　**de plástico** 塑膠的

de tela 布做的　　　　　　　**de aluminio** 鋁的

套進去說說看！

Es una maleta negra.	這是一個黑色的行李箱。

azul 藍色　　　　　　　　　**plateada** 銀色

小提醒：您可以在第七篇找到更多西班牙語的顏色說法。

暢遊西語系國家

　　遺失行李是旅行中最不樂見的情形，如果抵達機場後找不到行李，千萬不要緊張，下面的步驟讓您可以安心繼續接下來的旅程：

① 立刻帶著機票和行李提領單，通知航空公司您的行李遺失，要求填寫「遺失報告書」。請詳細填上行李的款式、行李中的物品，以及入住飯店的地址和電話。行李很可能誤送到其他機場，或是留在出發的機場，在這種情形下，通常幾天後就會送到您下榻的飯店。

② 記下負責人員的姓名和聯絡方式，才能追蹤後續處理情形。您也可以詢問航空公司能否先支付購買必需用品的金錢。

③ 重要證件和貴重物品，一定要隨身攜帶，以策安全。

| 11 |

入境管理處

Control de pasaportes

你可以 這樣說

A: Me permite su pasaporte, su boleta de inmigración y su billete de regreso, por favor.
請出示您的護照、入境單和回程機票。

B: Aquí tiene.
在這裡。

A: ¿Cuál es el propósito de su viaje?
您這趟行程的目的是什麼？

B: Turismo.
觀光。

A: ¿Cuánto tiempo va a estar?
您預定停留多久？

B: Cinco días.
五天。

A: Muchas gracias. ¡Bienvenido!
非常感謝。歡迎莅臨！

西班牙文我最行

可以這樣說！

¿Cuál es el propósito de su viaje? 您這趟行程的目的是什麼？

turismo 觀光　　　　　　　　　**negocios** 商務旅行

visitar a un amigo 拜訪朋友

可以這樣說！

¿Cuánto tiempo va a estar? 您預定停留多久？

dos días 二天　　　　　　　　　**tres** semanas 三個禮拜

cuatro meses 四個月　　　　　**estoy de paso** 我只是過境

小提醒：您可以在第二篇找到更多西班牙語的數字寫法和說法。另外，表達歡迎必須依對方性別而異，若對方是男性時，必須說：「¡Bienvenido!」；若對方是女性時，則要說：「¡Bienvenida!」。

暢遊西語系國家

① 出國旅行前，務必確認您的護照有效期限還有六個月以上，否則可能會被要入境的國家拒絕入境。當您抵達西班牙語系國家的國際機場或港口，請記得立刻尋找入境管理處（oficina de control de pasaportes 或 oficina de migración）的指示，以便辦理入境手續。在某些西班牙語系國家，入境時您可能會被要求出示預防接種證明書（certificado de vacunas）。

② 歐盟自 2011 年 1 月 11 日起針對台灣實施免申根簽證待遇案，若您計畫前往西班牙和其他歐洲國家旅行，持台灣護照可以免申根簽證方式進入下列歐洲國家及地區，停留期限為每 6 個月內總計可停留 90 天：法國、德國、西班牙、葡萄牙、奧地利、荷蘭、比利時、盧森堡、丹麥、芬蘭、瑞典、斯洛伐克、斯洛維尼亞、波蘭、捷克、匈牙利、希臘、義大利、馬爾他、愛沙尼亞、拉脫維亞、立陶宛、冰島、挪威、瑞士、羅馬尼亞、保加利亞、賽普勒斯、列支敦斯登、教廷、摩納哥、聖馬利諾、安道爾、丹麥格陵蘭島、法羅群島。需準備之各類文件及注意事項，請您參閱外交部領事事務局網站。

你可以**這樣說**

A: ¿Tiene algo que declarar?

您有東西要申報嗎？

B: No, señor. Sólo llevo unos regalos para mis amigos.

沒有，先生。我只帶了一些禮物要送給我的朋友。

A: Por favor, abra sus maletas para inspección.
¿Qué es esto?

請打開您的行李檢查。
這是什麼？

B: Unos perfumes y una cámara digital.

一些香水和一台數位相機。

A: Usted tiene que pagar impuestos.
Por favor, pague en aquella oficina.
Aquí tiene sus documentos.

您需要付稅。
請到那個辦公室付款。
這是您的證件。

西班牙文我最行

¿Tiene algo que declarar?　您有東西要申報嗎？

No, sólo llevo unos regalos para mis amigos.
沒有，我只帶了一些禮物要送給我的朋友。

No, todo es de uso personal.
沒有，這些都是我的私人用品。

暢遊西語系國家

① 當您需要申報關稅時，記得填寫關稅申報表（declaración de aduanas），並向海關（oficial de aduanas）申報。通常海關櫃檯會分為紅色的付稅區和綠色的免稅區。

② 每個國家，針對不同物品的免稅規定和禁止攜帶的物品規定不盡相同，請事前調查清楚。另外，西班牙海關檢查非常嚴格，所以旅客行李中的物品幾乎都會被拿出來檢查，香菸和酒的攜帶數量有限制，寶石、相機、電器產品，只能攜帶非常少量進入。

③ 整理行李時，建議可以選擇後背包做為手提行李，出發前最好確認所搭乘的航空公司，可以接受的手提行李大小。託運行李建議選擇有拉桿、輪子、附鎖的行李箱，同樣在出發前，務必確認所搭乘的航空公司接受的託運行李重量，否則託運行李超重會被航空公司要求付費。後背包最好有數個拉鍊袋，保養品用小於 100ml 的瓶子分裝。可以考慮攜帶免洗褲和免洗襪，用完即丟，還可以增加行李的空間好裝添購的紀念品。拉丁美洲許多國家的物價都很低廉，也可以到當地再添購日常生活用品。託運的行李箱打包時可以將衣服捲成筒狀，塞在行李箱四周和空隙，避免行李託運過程的碰撞，造成任何損失。最後，登機時可以向櫃台人員要求在行李箱貼上優先（prioritario）或易碎（frágil）的標籤，入境後可以加速行李提領的速度，或是避免行李箱受損。

第三篇

| 13 |

旅遊資訊

Oficina de información turística

你 可 以 這 樣 說

A: Disculpe, ¿tiene un mapa de Ciudad de Guatemala?

不好意思，請問有瓜地馬拉市的地圖嗎？

B: Claro. Aquí tiene uno.

當然有。這裡有一份。

A: ¿Hay bus o metro que va al centro de la ciudad?

請問有到市中心的公車或捷運嗎？

B: Sí, la estación de bus está al final del pasillo a la derecha.

有，往前走到底右轉就是公車站牌了。

A: ¿Cuánto vale el billete?
¿Cada cuánto sale el bus?

車票是多少？
多久有一班車出發？

B: Diez quetzales. Sale cada cinco minutos.

十格查爾。每五分鐘有一班車出發。

西班牙文我最行

套進去說說看！

¿Tiene un mapa de Ciudad de Guatemala?
有瓜地馬拉市的地圖嗎？

una lista de hoteles 飯店名單
una excursión a Tikal 去蒂卡爾的行程
un bolígrafo 原子筆　　　　　　　　　　**una hoja** 紙
un mapa con los lugares turísticos 景點介紹的地圖

暢遊西語系國家

　　請記得台灣在西語系國家的大使館及駐外代表處的電話，讓您的旅程更安心：

① 駐多明尼加共和國大使館——電話：1-809-5086200；急難救助電話：1-809-481-6712、809-756-6677、1-809-855-1053。

② 駐瓜地馬拉共和國大使館——電話：502-23390711-15；急難救助電話：502-52025920。

③ 駐薩爾瓦多共和國大使館——電話：503-2263-1330；急難救助電話：503-7886-8144。

④ 駐宏都拉斯共和國大使館——電話：504-2395837；急難救助電話：504-99780042、504-2396786。

⑤ 駐尼加拉瓜共和國大使館——電話：505-22771333~4；急難救助電話：505-88860602。

⑥ 駐巴拿馬共和國大使館——電話：507-2233-424；急難救助電話：507-6612-0306。

⑦ 駐巴拉圭共和國大使館——電話：595-21-213361~2；急難救助電話：595-981447038。

⑧ 駐阿根廷台北商務文化辦事處——電話：54-11-5218-2600；急難救助電話：54-9-11-5616-2947。

⑨ 駐智利台北經濟文化辦事處——電話：56-2-362-9772~76；急難救助電話：56-99-3312706。

⑩ 駐墨西哥台北經濟文化辦事處——電話：墨西哥市撥打 55-5596-1612、墨西哥外縣市撥打 01-55-5596-1612；急難救助電話：521-55-54190894。

⑪ 駐秘魯台北經濟文化辦事處——電話：51-1-225-9399；急難救助電話：51-999-740-703。

⑫ 駐西班牙台北經濟文化辦事處——電話：34-915718426；急難救助電話：34-639384883。

| 14 |

兌換

Cambio de divisas

你可以這樣說

A: ¿A cuánto está el tipo de cambio hoy?

¿Cuánto es la comisión?

今天的匯率是多少？
手續費是多少？

B: Un dólar americano por ocho quetzales.

No hay comisión.

一美金可以兌換八格查爾。
沒有手續費。

A: ¿Recibe cheque viajero?

您收旅行支票嗎？

B: No, lo siento.

不好意思，不收。

A: Por favor, cámbieme este billete en quetzales.

請把這些錢換成格查爾。

B: Aquí tiene su dinero. Firme aquí, por favor.

這是您的錢。請在這裡簽名。

西班牙文 我 最 行

¿Cuánto es la comisión?	手續費是多少？
No hay.	沒有手續費。
Dos por ciento.	百分之二。

暢 遊 西 語 系 國 家

① 抵達機場後，可以在機場貨幣兌換處兌換當地貨幣。但是機場的匯率通常比市區來得低，所以建議您只兌換小額應急，比方說搭乘交通工具或用餐，抵達市區後再兌換多一些金額。兌換貨幣時請務必當場點清金額，並索取收據，金額有誤一定要當場知會行員處理。旅行外出時，盡量避免攜帶大量現金在身上，也不要向過來搭訕的路人兌換貨幣，比較安全。兌換旅行支票時，要先在支票上簽名，同時一併出示護照給行員辦理。「¿A cuánto está el tipo de cambio hoy?」、「¿Cuál es el tipo de cambio de hoy?」和「¿A cómo está "~"?」，這三句話的意思一樣，都在詢問：「今天的匯率是多少？」您可以自由運用。

② 如果到西班牙旅行，您可以使用歐元。然而當您到拉丁美洲旅行，最好攜帶美金。除了在銀行兌換外，您也可以到匯兌行（casa de cambio）兌換當地貨幣。匯兌行的匯率有時候比銀行還高一些，但是要注意有些匯兌行可能是非法經營。在匯兌行兌換貨幣時，要特別注意安全，以免受騙或遭搶。在有些國家使用旅行支票（cheques viajero）的兌換率會比使用現金來得低一些。

③ 目前使用「披索」（Peso）做為貨幣單位的拉丁美洲國家有：墨西哥、玻利維亞、古巴、智利、哥倫比亞、多明尼加、烏拉圭、阿根廷。薩爾瓦多和巴拿馬使用「美金」，委內瑞拉使用「波利瓦爾」（Bolívar），哥斯大黎加使用「科朗」（Colón），尼加拉瓜使用「科多巴」（Córdoba），巴拉圭使用「瓜拉尼」（Guaraní），宏都拉斯使用「倫皮拉」（Lempira），瓜地馬拉使用「格查爾」（Quetzal），秘魯使用「索爾」（Sol），厄瓜多使用「蘇克雷」（Sucre）。

④ 錢的西班牙語是「dinero」，但是您也會聽到拉丁美洲人用「plata」這個字代替「dinero」。例如，您會聽到像這樣的對話：「Necesito plata.」，意思就是：「我需要錢。」；或是這句話：「No tengo plata.」意思是：「我沒有錢。」

¡Bienvenido!

歡迎光臨!

第四篇
入住飯店

| 15 | 預約 Reservaciones
| 16 | 住宿登記 Registro en el hotel
| 17 | 更換房間 Cambio de habitación
| 18 | 打電話 Llamada telefónica
| 19 | Morning Call
| 20 | 保險箱 Cajas de seguridad
| 21 | 退房 La salida

你可以這樣說

A: Deseo hacer una reservación para el 18 de agosto.

我想要預約八月十八日一個房間。

B: ¿Para cuántas personas?

您要幾人房？

A: Deseo una habitación doble. ¿Cuánto cuesta?

我要一間雙人房。多少錢？

B: Cincuenta dólares americanos por noche.

一晚是五十美金。

A: ¿Incluye los impuestos y el servicio?

包含稅和服務費嗎？

B: Sí. Incluye los impuestos, el servicio y el acceso a internet inalámbrico. ¿Cuánto tiempo se hospedará?

是的。包含稅、服務費和無線上網。您打算停留多久？

A: Dos noches.

二晚。

西班牙文我最行

套進去說說看！

Deseo hacer una reservación para el 18 de agosto.

我想要預約八月十八日一個房間。

enero 一月	**febrero** 二月	**marzo** 三月
abril 四月	**mayo** 五月	**junio** 六月
julio 七月	**agosto** 八月	**septiembre** 九月
octubre 十月	**noviembre** 十一月	**diciembre** 十二月

套進去說說看！

Deseo una habitación doble. 我要一間雙人房。

individual / sencilla / simple;doble;triple

單人房；雙人房；三人房

doble con camas individuales 二張單人床的雙人房

doble con cama matrimonial 一張大床的雙人房

暢遊西語系國家

　　到西班牙和拉丁美洲旅行，有多樣化的住宿選擇，包含飯店（hotel）、汽車旅館（motel）、民宿（pensión）、青年旅舍（hostel / hostal）、出租公寓（condominio / apartamento）。在大城市，三星級飯店就能滿足住宿的需求，價格也相對便宜。但是在鄉村或小鎮，選擇性較少。當您選擇在旺季到主要觀光區旅行，或是碰上國定假日和節慶，記得提前預訂飯店或民宿，否則就要做好心理準備，可能要多跑幾家飯店才能找到可以過夜的房間。許多拉丁美洲的國家在聖週（Semana Santa，復活節當週），還有聖誕節到新年元旦（Navidad y Año Nuevo），都會有幾天國定假日。瓜地馬拉最負盛名的古都安提瓜（Antigua），每年在聖週舉辦受難日大遊行，吸引成千上萬的觀光客湧入這個歷史悠久的小鎮。如果不提前預訂飯店，可能就只能跟著其他人在街道旁過夜了

第四篇

|16|

住宿登記

Registro en el hotel

你可以這樣說

A: Buenas tardes. Tengo una reserva a nombre de Rosa León.

午安。我預約了一個房間，姓名是 Rosa León。

B: Me permite su pasaporte, por favor. ¿Es una habitación para dos personas?

請給我您的護照。是一間雙人房嗎？

A: Correcto. Quiero una habitación que dé a la calle.

沒錯。我要一個面向街道的房間。

B: Muy bien. Por favor, complete este formulario / esta ficha / este registro. Tiene que dejar un depósito de $100 dólares americanos. Su habitación es la número 68, en el sexto piso. Allá está el ascensor / elevador.

好的。請填寫這張登記表。您必須付押金一百美元。您的房間是 68 號，在六樓。電梯在那邊。

A: Muchas gracias.

非常感謝。

西班牙文我最行

套進去說說看！

Quiero una habitación que dé a la calle.
我要一個面向街道的房間。

---

tranquila 安靜

con buena vista 有好風景

no fumado 禁菸

en la parte de atrás 在飯店後面

en el primer piso 在一樓

en el tercer piso 在三樓

en el quinto piso 在五樓

en el séptimo piso 在七樓

que dé a la piscina 面向游泳池

que dé a la playa 面向海灘

con balcón 有陽台

en la parte de adelante 在飯店前面

en el segundo piso 在二樓

en el cuarto piso 在四樓

en el sexto piso 在六樓

en el octavo piso 在八樓

入住飯店

暢遊西語系國家

① 多數飯店都會要求房客支付保證金，價格因每家飯店而異，您可以用現金或信用卡支付。建議您入住飯店後，您可以向櫃檯人員說：「¿Puede darme una tarjeta de presentación del hotel, por favor?」（可以請您給我一張飯店的名片嗎？）把飯店名片帶在身上，以備不時之需。

② 進入客房後，可以翻閱飯店介紹手冊，了解入住飯店的服務設施和費用。如果有人打房間電話，您接起電話後可以說：「¿Quién es?」（是誰？）或是：「Un momento, por favor.」（請稍候。）如果服務生敲門，您可以說：「¡Adelante!」（請進！）

③ 因為每個西語系國家的自來水品質不同，有些國家的自來水可以生飲，例如哥斯大黎加；有些國家的自來水則需要煮沸才能飲用。所以建議您直接買瓶裝礦泉水，或是使用飯店的電水瓶煮水來喝，最安全衛生。

17

更換房間

Cambio de habitación

你可以這樣說

A: Buenas noches. ¿En qué puedo servirle?
晚安。有什麼可以為您服務的嗎？

B: Deseo hacer un cambio de habitación. Esta es muy ruidosa y el aire acondicionado no funciona.
我要換一個房間。這個房間很吵而且空調壞了。

A: Permítame un momento. Hay una habitación tranquila pero es más pequeña.
請稍等一下。有一間比較安靜的房間，但是比較小一些。

B: No importa.
沒關係。

A: La habitación estará lista en treinta minutos. Yo le aviso.
房間在三十分鐘後準備好。
我會通知您。

B: Gracias.
謝謝。

西班牙文我最行

套進去說說看！

Esta habitación es muy ruidosa.

這個房間很吵。

cara 貴	**barata** 便宜	**grande** 大
pequeña 小	**oscura** 暗	**sucia** 髒

套進去說說看！

El aire acondicionado no funciona.	空調壞了。

el ventilador 電風扇	**el agua caliente** 熱水
el grifo 水龍頭	**el reproductor de DVD** 光碟機
la calefacción 暖氣設備	**la televisión** 電視
la lámpara 燈	**la secadora** 吹風機
la plancha 熨斗	**la ducha** 蓮蓬頭
la nevera / la refrigeradora / el frigorífico 冰箱	
la llave de la habitación 房間鑰匙	

暢遊西語系國家

　　如果您想在更換房間前，先看過新的房間再決定，您可以這樣說：「¿Puedo ver la habitación?」（可以看房間嗎？）如果您不希望被打擾，您可以在房門掛上「No molestar」（請勿打擾）的門牌。若您需要服務生整理房間，您可以掛上「Limpiar」（請打掃）的門牌。同時請您務必看清楚「Salida de emergencia」（緊急出口）的位置。

第四篇

| 18 |

打電話

Llamada telefónica

你 可 以 這 樣 說

Deseo hacer una llamada local.
我想打國內電話。

Marque / presione 9 y luego el número de teléfono.
先按 9 再撥電話號碼。

A: ¿Aló?
喂？

B: ¡Hola! Deseo hablar con el señor León.
你好！我要找 León 先生。

A: ¿De parte de quién?
請問哪裡找？

B: De parte de Oscar Chen.
我是 Oscar Chen。

A: Un momento, por favor. Él no se encuentra. ¿Quiere dejarle algún mensaje?
請稍候。他不在。您要留言嗎？

B: Sí. Por favor, dígale que me llame.
好的。請告訴他打電話給我。

A: Muy bien.
好的。

西班牙文我最行

套進去說說看！

Deseo hacer una llamada local.　　我想打國內電話。

internacional 國際

Deseo hablar con el señor León.　　我要找 León 先生。

el dueño 所有者

el encargado 負責人

la extensión número 10 10 號分機

可以這樣說！

Él no se encuentra.　　他不在。

¿Quiere dejarle un mensaje?　　您要留言嗎？

Lo siento, se ha equivocado.　　不好意思，您打錯了。

¿Puede llamar en 10 minutos?　　您可以十分鐘後再打來嗎？

暢遊西語系國家

　　當您在西語系國家旅行時，因為不同地區的慣用語不同，所以在您講電話時可能會聽到：「¿Hola?」、「¿Aló?」、「¿Bueno?」、「¿Si?」這幾句話意思相同，都代表「喂？」。除此之外，您也可能常聽到下列對話：「dígame」（跟我說）、「buenos días」（早安）、「buenas tardes」（午安）、「buenas noches」（晚安）。

　　需要記下對方的電話號碼時，您可以在寫下電話號碼後，重覆讀一次電話號碼給對方聽，然後說：「¿Está bien así?」（這樣對嗎？）如果對方說話速度太快，您可以說：「Más despacio, por favor.」（請您說慢一點。）如果聽不清楚對方說話，您可以說：「Más alto, por favor.」（請您說大聲一點。）

入住飯店

你可以這樣說

A: ¿Buenas noches.
晚安。

B: Señorita, ¿me puede despertar a las siete de la mañana, por favor?
小姐，可以請您明天早上七點叫醒我嗎？

A: Muy bien. Habitación 423 a las siete de la mañana.
好的。423 號房，明天早上七點。

B: ¿A qué hora se puede tomar el desayuno?
幾點可以吃早餐？

A: A partir de las seis de la mañana en el comedor.
餐廳從早上六點開始用餐。

B: Muy bien. También deseo usar la sauna a las dos de la tarde.
好的。我也想要在下午二點使用三溫暖。

A: Para servirle. ¡Que descanse!
隨時為您服務。祝您有個好夢！

西班牙文我最行

套進去說說看！

¿Me puede despertar a las seite de la mañana**?**

可以請您明天早上七點叫醒我嗎？

dos de la tarde 下午二點　　　ocho de la noche 晚上八點

套進去說說看！

Deseo usar la sauna **a las dos de la tarde.**

我想在下午二點使用三溫暖。

la piscina 游泳池　　　　　　　el gimnasio 健身房
el servicio de fax 傳真服務　　　el centro de reuniones 會議室
la fotocopiadora 影印機　　　　el centro de negocios 商務中心
el aparcamiento / el estacionamiento 停車場

暢遊西語系國家

① 多數西語系國家同樣使用「morning call」這個語詞，所以您可以直接從客房打電話到櫃檯說：「Necesito un morning call a las siete de la mañana.」（明天早上七點我需要 morning call。）

② 飯店提供的多樣化服務，請多加利用：「internet」（網路）、「centro de reuniones / salón de reuniones」（會議室）、「alquiler de teléfonos móviles」（手機出租）、「computadoras / ordenadores」（電腦）、「impresión」（列印服務）、「excursión」（當地行程）、「alquiler de coches」（租車服務）、「cambio de divisas」（貨幣兌換）、「revistas」（雜誌）、「periódicos」（報紙）。

③ 如果您忘記帶房門鑰匙或門卡，可以拿著護照到接待處說：「He olvidado las llaves de la habitación. ¿Puede ayudarme a abrir la puerta, por favor?」（我忘記帶房門鑰匙。可以請您幫我開門嗎？）

你可以這樣說

A: Buenas tardes.
午安。

B: ¿Puede traerme unas cobijas, por favor?
可以請您拿一些棉被給我嗎？

A: Con mucho gusto.
我的榮幸。

B: ¿Tienen cajas de seguridad?
有保險箱嗎？

A: Sí, la caja de seguridad está en el armario.
有的，保險箱在衣櫃裡。

B: Muchas gracias.
非常感謝。

西班牙文我最行

¿Puede traerme unas cobijas, **por favor?**

可以請您拿一些棉被給我嗎？

....

una almohada 一個枕頭　　　　　**un gel de ducha** 一瓶沐浴乳

unas toallas / unos paños 一些毛巾　**un peine** 一支梳子

un jabón 一塊香皂　　　　　　　**un cepillo de dientes** 一支牙刷

una pasta de dientes 一條牙膏　　**un champú** 一瓶洗髮精

una rasuradora / una maquinilla de afeitar 一支刮鬍刀

un rollo de papel higiénico 一捲衛生紙

un periódico 一份報紙　　　　　**unas revistas** 一些雜誌

un cenicero 一個菸灰缸　　　　　**hielo** 冰塊

agua fría 冰水　　　　　　　　　**agua caliente** 熱水

un cable para la conexión de internet 網路線

un adaptador / transformador de electricidad 電壓轉接頭

入住飯店

暢遊西語系國家

　　出國旅行該如何給小費，往往傷透腦筋。底下的建議提供您參考：

① 如果帳單上明列「包含服務費」，就不需要再給小費。

② 等服務人員服務完後，再給小費。

③ 給小費的時候，記得說聲謝謝，也可以再握個手。

④ 給小費時不要猶豫，請直接地給對方。

⑤ 民宿或青年旅社不必給小費。

你 可 以 這 樣 說

A: La cuenta de la habitación 20, por favor.
請給我 20 號房的帳單。

B: Permítame un momento. Aquí tiene la factura.
請稍等一下。這是您的帳單。

A: ¿Qué es esto?
這是什麼？

B: Usted hizo una llamada local.
您打了一通本地電話。

A: Vale. ¿Puedo dejar las maletas en el hotel hasta las seis de la tarde?
好的。我可以把行李留在飯店到晚上六點嗎？

B: ¡Claro! Por favor, firme este registro de salida y la boleta de reclamación de maletas. ¿Me permite su tarjeta de crédito?
當然！請您在對帳單上和行李領取單上簽名。可以請您給我信用卡嗎？

A: Aquí tiene. ¿A qué hora sale el próximo autobús del hotel?
在這裡。從飯店出發的下一班接駁車幾點出發？

B: En diez minutos.
十分鐘後發車。

西班牙文我最行

可以這樣說！

¿Qué es esto?	這是什麼？
Usted hizo una llamada local.	您打了一通本地電話。
Usted hizo una llamada internacional.	您打了一通國際電話。
Usted tomó algo del bar.	您使用了迷你吧檯。

暢遊西語系國家

① 如果您不知道退房的時間，可以問：「¿A qué hora tengo que dejar la habitación?」（我必須在幾點退房？）

② 飯店的退房時間多半是中午十二點。退房前，您可以打電話給櫃檯說：「¿Puede mandar a una persona para bajar mi equipaje, por favor?」（可以請您派一個人幫我把行李拿下樓嗎？）在櫃檯結帳時，請您務必再三確認帳單金額是否正確，因為飯店有時會把帳單金額算錯。當您對帳單金額有疑問，不要害羞或遲疑，請當場詢問櫃檯服務人員。

③ 如果您的旅行預算有限，不妨在入住飯店時，使用下列句子，爭取可能的折扣：

A：¿Tiene una habitación más barata?
你有便宜一點的房間嗎？

B：Lo siento.
不好意思，沒有。

A：¿Pueden ofrecerme un precio más barato por dos noches?
如果我住二晚，能算便宜一點嗎？

B：Un cinco por ciento de descuento.
有百分之五的折扣。

¡Que le vaya bien!

一路順風！

第五篇
交通工具

| 22 | 計程車 Tomando el taxi
| 23 | 捷運 Tomando el metro
| 24 | 公車 Tomando el bus
| 25 | 火車 Tomando el tren
| 26 | 租車 Alquilando un coche

你可以這樣說

A: Lléveme al hotel El Dorado, por favor.
請帶我到 El Dorado 飯店。

B: Con mucho gusto.
我的榮幸。

A: Puede poner el taxímetro, por favor.
請您開跳表機。

B: Sí, señor. Ahora mismo.
是的,先生。馬上開。

A: Puede ir más rápido, por favor.
請開快一點。

B: Sí, señor. Ya llegamos. Son treinta pesos.
是的,先生。已經到了。三十披索。

A: Aquí tiene. Déjese el cambio.
在這裡。不用找零錢。

西班牙文我最行

套進去說說看！

Lléveme al hotel El Dorado. 請帶我到 El Dorado 飯店。

al museo 到博物館   **al ayuntamiento** 到市政府
al teatro 到劇院   **al cine** 到電影院
al parque 到公園   **a la iglesia** 到教堂
a la plaza 到廣場   **a la estación de tren** 到火車站

小提醒：您可以在第七篇找到更多西班牙語的地點說法。

套進去說說看！

Puede ir más rápido, por favor. 請開快一點。

ir más despacio 慢一點
abrir / cerrar la ventana 開 / 關車窗
encender / apagar el aire acondicionado 開 / 關空調

暢遊西語系國家

① 西班牙的計程車有黑黃色和白色，如果是空車就會亮起車頂的綠燈，在車窗內可以看到「libre」（空車）或「ocupado」（有人）的牌子。

② 搭乘計程車前，請您務必詢問：「Disculpe, ¿cuánto cuesta de aquí al hotel El Dorado?」（請問，到 El Dorado 飯店要多少錢？）因為有些地區的計程車採用里程計費，有些地區則須事前與司機講價。您也可以說：「Puede llamar a un taxi, por favor.」（請幫我叫一台計程車。）並向櫃檯詢問合理的價格作為參考。

③ 跳表機的西班牙語因地區而異，「taxímetro」這個字最常用，「medidor」和「contador」這二個字在某些地區也通用。

交通工具

你可以這樣說

A: ¿Disculpe, ¿dónde está la estación de metro?
請問，捷運站在哪裡？

B: Siga recto. La estación de metro está al lado del Museo Nacional.
直走。捷運站在國立博物館旁邊。

A: ¿Qué línea tengo que tomar para ir a Plaza Garibaldi?
我可以搭哪條線到 Garibaldi 廣場？

B: Tome la línea verde.
要搭綠線。

A: ¿Cuánto dura / tarda el viaje?
行程多久？

B: Alrededor de diez minutos.
大概十分鐘。

A: ¿Cuánto cuesta el billete / boleto / tiquete / pasaje?
車票是多少錢？

B: Dos pesos.
二披索。

西班牙文我最行

套進去說說看！

La estación de metro está al lado del Museo Nacional.
捷運站在國立博物館旁邊。

a la izquierda de 左邊　　　　　**a la derecha de** 右邊
delante de 前面　　　　　　　　**detrás de** 後面
frente a 對面　　　　　　　　　**en la esquina de** 路口

套進去說說看！

¿Cuánto <u>dura</u> / <u>tarda</u> el viaje?　　　要搭多久？

alrededor de diez minutos**.**　　　大概十分鐘。

tres horas 三小時　　　　　　**veinte segundos** 二十秒

交通工具

暢遊西語系國家

① 「metro」（捷運）是最常用的西班牙語，然而阿根廷的捷運叫「subte」。西班牙、
　墨西哥、阿根廷、委內瑞拉、哥倫比亞、智利等地的大城市，都有捷運系統。但是
　其它拉丁美洲國家沒有捷運，您可以利用火車、公車、船等交通工具，旅行各地。

② 西班牙的捷運常用紅色的 M 標示，馬德里的捷運幾乎可以抵達所有觀光景點。如
　果您找不到路，也可以問路人：「¿Hay una estación de metro por aquí?」（附近有
　捷運站嗎？）。西班牙的捷運票可以購買一次票和較多折扣的十次票，您可以在
　「taquilla」（購票台）或「máquina expendedora」（自動售票機）買票。墨西哥捷
　運採固定票價，不管搭多少站，價格都相同，而且六十歲以上的長者免費搭乘。

③ 西語系國家的人民熱情好客，若您不知道要在哪一站下車，可以問當地人：「¿En
　cuál estación tengo que bajarme para ir a "La Puerta del Sol"?」（請問到太陽門要在哪
　一站下車？）您會聽到西班牙人說：「Coger el bus.」（搭公車。），但是「coger」
　這個字在拉丁美洲代表難聽的髒話，請您特別注意。因此，在拉丁美洲您可以改說：
　「Tomar el bus.」（搭公車。）

你可以這樣說

A: Disculpe, ¿dónde está la parada de buses para ir a la plaza de toros?
請問，到鬥牛廣場的公車站牌在哪裡？

B: Esta es.
這裡就是。

A: ¿Qué número o ruta hay que tomar?
我應該搭幾號公車或哪一條路線的公車？

B: El número 5. Hay que hacer fila aquí.
5 號公車。在這裡排隊。

A: ¿Necesito hacer cambio de bus?
需要轉車嗎？

B: No. Bájese en la tercera parada.
不需要。在第三個公車站牌下車。

A: ¿Cada cuánto sale el bus?
多久有一班車出發？

B: Sale cada diez minutos.
每十分鐘有一班車出發。

西班牙文我最行

套進去說說看！

Bájese en la tercera parada. 在第三個公車站牌下車。

la última parada 最後一個公車站牌
la siguiente parada 下一個公車站牌
la estación 車站

套進去說說看！

Sale cada cinco minutos. 每五分鐘有一班車出發。

hora 小時　　**media hora** 半小時　　**dos horas** 二小時

小提醒：第二篇有更多西班牙語數字的讀法和寫法。

暢遊西語系國家

① 西班牙與多數拉丁美洲國家的公車非常發達，您可以利用公車往返各地。除了「bus」這個字，墨西哥用「camiones」這個字代表公車。您可以在「estación」或「parada」（車站）搭車，在「boletería」或「taquilla」（購票處）買票。「boleto」、「billete」、「pasaje」、「tiquete」都代表票的意思，短程或市區公車通常直接上車付錢。長程公車需先買票，或是利用電話和網路訂票。您也可以在一些西語系國家搭乘「bus turístico」（觀光巴士），輕鬆遊覽當地方風光。

② 如果不知道公車座位是否有人坐，您可以說：「Disculpe, ¿está ocupado?」（請問這個位子有人坐嗎？）或是「¿Está libre?」（這個位子是空的嗎？）

③ 當您要下公車時，可以按鈴通知司機。不過有些西語系國家的公車沒有裝鈴，所以您必須在座位上大聲說：「Parada, por favor.」（請停車。）或是上車時直接跟司機說：「Deseo ir a la plaza de toros. ¿Puede avisarme?」（我要在鬥牛廣場下車。可以請您到了那裡讓我下車嗎？）

交通工具

| 25 |

火車

Tomando el tren

你可以這樣說

A: ¿A qué hora sale el tren para Madrid?
往 Madrid 的火車幾點發車？

B: El tren sale a las 11:15 de la mañana en el andén 2.
上午十一點十五分從第二月台發車。

A: ¿Cuánto dura el viaje?
行程多久？

B: El expreso dura tres horas y el rápido nueve horas.
高速火車要三小時，而快車要九小時。

A: ¿Cuánto cuesta / vale el billete?
票價是多少？

B: Ciento diez euros clase turista y ciento sesenta y cinco euros clase preferente.
觀光車廂一百一十歐元，貴賓車廂一百六十五歐元。

A: ¿Tiene tren-hotel?
有臥鋪火車嗎？

B: Hay cama turista, cama preferente y cama gran clase.
有觀光床、貴賓床和高級床。

A: Deme dos billetes cama turista.
給我二張觀光床的票。

西班牙文我最行

> **El tren sale a las 11:15 de la mañana.**
> 火車在上午十一點十五分發車。
>
> ---
>
> 2:50 a.m. tres menos diez de la madrugada /
>   dos y cincuenta de la madrugada 凌晨二點五十分
> 5:15 p.m. cinco y quince de la tarde 下午五點十五分
> 7:30 p.m. siete y media de la noche /
>   siete y treinta de la noche 晚上七點三十分
> 9:45 a.m. diez menos cuarto de la mañana /
>   nueve y cuarenta y cinco de la mañana 早上九點四十五分

套進去說說看！

交通工具

暢遊西語系國家

① 在西班牙，時間說法是先說小時（1～12時），再說分鐘（1～59分），中間以「y」（和）連接。要特別注意分鐘的說法以 30 分為界，0 到 30 分要說：「小時 y（和）分鐘」，所以五點十五分可以說：「cinco y quince」或「cinco y cuarto」。但是從 31 分到 59 分，西班牙人慣用的說法是：「下一個整點＋ menos ＋剩下的分鐘」，所以二點五十分您可以說：「tres menos diez」，就像英文「差十分三點」的說法。

② 然而大多數拉丁美洲人比較偏好下列說法：一樣是先說小時（1～12 時），再說分鐘（1～59 分），中間以「y」（和）連接，所以二點五十分可以說：「dos y cincuenta」。

③ 最後，如果您想要說明時段，不管是在西班牙或拉丁美洲，說法都是在分鐘之後，再加上「de la madrugada」（凌晨）、「de la mañana」（上午）、「de la tarde」（下午）、「de la noche」（晚上）。所以凌晨二點五分就是：「dos y cinco de la madrugada」。

|26|

租車

Alquilando un coche

你可以這樣說

A: Deseo alquilar / rentar un coche.

我要租一輛車。

B: ¿Qué tipo de coche desea?

您想要哪一種車？

A: Deseo un coche familiar.

我要一台家庭房車。

B: El alquiler cuesta cincuenta dólares por un día con kilometraje ilimitado, impuesto y seguro incluídos.

一天的租車費用是五十美金，沒有里程限制，含稅和保險。

A: Deseo este por una semana.
¿Puedo probar el coche?

我要租這台車一個星期。
我可以試開嗎？

B: Aquí tiene las llaves. Tiene que dejar un depósito de quinientos dólares. Complete este formulario, por favor.

車鑰匙在這裡。您必須付五百美金的押金。請填寫這張表格。

西班牙文我最行

套進去說說看！

Deseo un coche familiar.
我要一台家庭房車。

---

deportivo 跑車　　　　　**todoterreno** 四輪驅動
grande 大的　　　　　　**pequeño** 小的
automático 自排　　　　**de marchas** 手排

暢遊西語系國家

① 在西班牙，車子叫做「coche」。但是在拉丁美洲，車子叫做「carro」。「auto」（車子）這個字則在兩地通用。當您完成租車手續後，記得跟租車行說：「¿Me da su tarjeta de presentación, por favor?」（可以請您給我一張您的名片嗎？）

② 若您計畫在西班牙語系國家旅行時租車駕駛，請您務必先在台灣各地的監理處申請國際駕照。國際駕照申請手續簡單，可以立即取得，並將不同駕駛車種登錄在同一本駕照上。多數西班牙語系國家都承認台灣發出的國際駕照，只有墨西哥不承認各國發出的國際駕照。

③ 西班牙和拉丁美洲國家都有廣闊的公路系統，建議您租車後，先計畫好所需駕駛的路途和汽油用量，到「gasolinera」（加油站）加好油再上路。加油時您可以說：「Tanque lleno, por favor.」（請加滿。）有二種常見的油：「súper」（優質）、「regular」（標準），一些國家的加油站也提供「diesel」（柴油）。

④ 以下是常用的汽車名詞，提供給您參考：

llanta 輪胎 acelerador 加速器 bocina 喇叭 radiador 散熱器	frenos 煞車 embrague / clutch 離合器 motor 引擎 volante 方向盤	presión de los neumáticos 胎壓 luz de emergencia 警示燈 batería 電池 caja de cambios 變速箱

交通工具

¡Buen provecho!

請慢用！

第六篇
享用美食

| 27 | 餐廳預約 Reservas y recomendaciones
| 28 | 抵達餐廳 En el restaurante
| 29 | 點菜 El menú
| 30 | 傳統食物 Comidas tradicionales
| 31 | 飲料 Bebidas
| 32 | 買單 La cuenta

27

餐廳預約

Reservas y recomendaciones

你可以這樣說

A: ¿Puede recomendarme un buen restaurante?
您可以推薦我一家好的餐廳嗎？

B: Sí, claro. ¿Qué tipo de comida desea?
好，當然可以。您想吃哪種食物？

A: Deseo comida <u>tradicional</u> / <u>típica</u>.
我想吃傳統食物。

B: El restaurante "Delicioso" es muy rico.
「Delicioso」餐廳非常好吃。

A: ¿Tiene el número de teléfono?
您有餐廳的電話號碼嗎？

B: Este es el teléfono y la dirección.
這是餐廳的電話號碼和地址。

西班牙文我最行

套進去說說看！

Deseo comida tradicional. 我想吃傳統食物。

mexicana 墨西哥的	**peruana** 秘魯的
china 中國的	**coreana** 韓國的
japonesa 日本的	**italiana** 義大利的
francesa 法國的	**alemana** 德國的
rápida 速食	**vegetariana** 素食

套進去說說看！

El restaurante "Delicioso" es muy rico.

「Delicioso」餐廳非常好吃。

barato 便宜的　　　**caro** 貴的　　　**famoso** 有名

暢遊西語系國家

① 西班牙和拉丁美洲人在早餐（desayuno）習慣喝咖啡，吃吐司、麵包、餅乾、玉米餅。不過，像尼加拉瓜和哥斯大黎加人早餐喜歡吃豆子炒飯（紅豆或黑豆）。

② 西班牙人認為下午一點到三點食用的午餐（almuerzo）最重要。午餐的第一道菜叫做「plato de entrada」，有湯或沙拉可選擇。第二道菜叫做「segundo plato」或「plato fuerte」，最後一道菜叫做「postre」。西班牙人在晚上九點到十點用晚餐（cena），喜歡吃少一點。西班牙人吃完飯習慣喝點紅酒（vino tinto）。因為西班牙人較晚吃晚餐，所以晚餐前習慣會吃一些小吃（merienda / aperitivo）或著名的西班牙小吃（tapas）墊墊肚子。

③ 拉丁美洲人通常在中午十二點到下午二點間吃午餐。但是拉丁美洲人晚餐時間是晚上七點到九點半不等，通常吃得比午餐多。拉丁美洲人用餐後喜歡喝果汁（jugo / zumo）。其它拉丁美洲的傳統飲料有：「chicha」（玉米酒）、「horchata de cebada」（用肉桂、花生、牛奶和米做成的飲料）、「agua dulce」（黑糖水）。

享用美食

你可以這樣說

A: Bienvenidos. ¿Tienen reserva?
歡迎光臨。您們有訂位嗎？

B: Sí, tengo una reservación a nombre de Mario Barrantes.

有，我用 Mario Barrantes 這個名字預約。

A: Un momento, por favor.

¿Es una mesa para dos personas?
請稍候。
是一張二個人的桌子嗎？

B: Sí. Quiero una mesa al lado de la ventana.
是。我要一張靠窗的桌子。

A: Por favor, sígame.
請跟我來。

西班牙文我最行

套進去說說看！

Quiero una mesa al lado de la ventana.
我要一張靠窗的桌子。

afuera 室外　　　　　　　**con vista** 有風景
en el rincón 角落　　　　**en el área de no fumado** 禁菸區
en un lugar silencioso 安靜的地方

暢遊西語系國家

① 在西班牙到餐廳用餐時，記得室外的桌子收費會比室內的桌子還貴喔！如果不知道該吃什麼，您到餐廳用餐可以點當日特餐或午餐（plato del día）。

② 當您在西班牙或拉丁美洲，跟當地的朋友到餐廳用餐，喝飲料或喝酒時，記得舉杯大聲說：「¡Salud!」（乾杯！）

③ 當您需要調整食物的口味時，底下的句子提供給您參考：

Deseo un plato no muy picante.　　　　我要一盤比較不辣的菜。

salado 鹹的　　　　　　　　　　　　dulce 甜的

amargo 苦的　　　　　　　　　　　　ácido 酸的

④ 如果您有特別偏好的食物烹調方式，底下的字彙提供給您使用：

horneado 燒烤的（肉類等用烤箱）	asado 烤的（以大火烤）
a la parrilla 烤的（用網狀烤肉架）	frito 炸的
hervido 水煮的	guisado 燉煮的
ahumado 煙燻的	al vapor 蒸的
vinagreta 醃漬的	crudo 生的
a la plancha 鐵板燒	a la romana 油炸的

享用美食

第六篇

| 29 |

點菜 El menú

你可以這樣說

A: Disculpe, ¿tiene una carta en inglés?
請問，您有英語菜單嗎？

B: Sí, claro. Aquí tiene.
是的，當然有。在這裡。

A: ¿Qué me recomienda?
您推薦我什麼餐點？

B: Le recomiendo el plato del día / menú del día.
我推薦今日特餐。

A: Deme uno.
給我一份。

B: Y el señor, ¿qué desea comer?
先生，您想吃什麼？

C: Deseo unas chuletas de cordero.
我想吃羊小排。

西班牙文我最行

可以這樣說！

Deseo chuletas de cordero.
我想吃羊小排。

小提醒：您可以參考下面菜單，點喜愛的餐點來享用。

菜單 Menú
前菜 Entradas
sopa 湯　　　　　ensalada 沙拉　　　　crema 濃湯
主菜 Plato Fuerte
chuletas de cordero 羊小排 chuletas de cerdo 豬排 pescado 魚（salmón 鮭魚、atún 鮪魚、calamar 魷魚） chuletas de ternera 牛小排 bistec 牛排 carne asada 烤肉 pollo 雞
配菜 Acompañamientos
arroz 飯　　　　　　　　　huevos 蛋 frijoles / judías 豆子　　　puré 馬鈴薯泥
點心 Postre
frutas 水果　　　　　　　　helado 冰淇淋 pastel 蛋糕　　　　　　　　flan 焦糖蛋奶

享用美食

在此介紹西班牙和拉丁美洲最具特色的傳統餐點，請您務必品嚐：

España 西班牙

paella

tortilla española

tortilla española（西班牙蛋餅）、**tapas**（西班牙小吃）、
paella（海鮮飯）、**gazpacho**（西班牙南部道地的蔬菜冷湯）

Honduras 宏都拉斯

plato típico

plato típico（包含
豆子、米飯、玉米
餅、肉類、炸香蕉
和絲蘭的餐點）、
sopa de caracol
（蝸牛湯）

El Salvador 薩爾瓦多

**pupusas
salvadoreñas**（玉
米餅夾起司、豆子、
炸豬皮、沙拉）

Nicaragua 尼加拉瓜

vigorón（有捲心菜沙拉、番茄、檸檬、絲蘭和燉豬肉，一起擺在香蕉葉上）

Costa Rica 哥斯大黎加

gallo pinto

casado（米飯、黑豆、炸香蕉、肉、沙拉、酪梨或蛋的餐點）、gallo pinto（黑豆炒飯，附上蛋奶糊、玉米餅、炒蛋，早餐吃）

Panamá 巴拿馬

sancocho（雞肉和蔬菜熬煮而成的雞湯）

Argentina 阿根廷

parrillada / asado（烤肉），包含以下內容：「bife de lomo」（腰肉）、「chinchulines」（小腸）、「morcilla」（血腸），搭配滷汁或醬汁食用

享用美食

091

第六篇

Bolivia 玻利維亞

chairo（蔬菜燉肉，由羊肉和馬鈴薯燉煮的湯）、sajta（雞肉胡椒湯）

Chile 智利

gallo pinto

pastel de choclo（玉米蛋糕）、cazuela de mariscos（海鮮鍋）

Colombia 哥倫比亞

bandeja paisa

bandeja paisa（有米飯、肉類、豆子、炸香蕉、鹹豬肉的餐點）、hormiga culona（炸螞蟻）

Perú 秘魯

palta a la reina

ají de gallina（燉雞飯）、palta a la reina（雞肉蔬菜沙拉佐酪梨）

Paraguay 巴拉圭

sopa paraguaya（巴拉圭玉米麵包）

Ecuador 厄瓜多

sudado de ternera（沙嗲牛肉）

Uruguay 烏拉圭

chivito al plato（含牛排、沙拉、蛋的餐點）

Venezuela 委內瑞拉

arepa（玉米餅加起司和火腿）、pabellón（有米飯、豆、炸香蕉、肉的餐點）

México 墨西哥

burritos

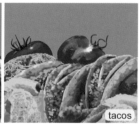

tacos

burritos（波瑞多）、tacos（塔可）、enchi lada（安琪拉達）

暢遊西語系國家

　　下列食物在拉丁美洲國家都很容易吃到，您不妨試試：「empanadas」，有炸或烤兩種做法、「sopa de mariscos」（海鮮湯）、「tamales」（粽子）、「ceviche」（海鮮沙拉）、「plátano maduro」（炸香蕉配蜂蜜、奶油和焦糖）、「arroz con leche」（米飯布丁）、「tortillas」（玉米餅）。

　　如果您想外帶，可以說：「Es para llevar.」

享用美食

31

飲料 Bebidas

你可以這樣說

A: ¿Qué desea beber?
您想喝什麼？

B: Deseo un jugo de naranja.
我要一杯柳橙汁。

C: Una cerveza, por favor.
請給我一杯啤酒。

A: Aquí tiene.
這是您點的東西。

B: ¿Me trae un vaso de agua, por favor?
可以請您給我一杯水嗎？

A: Con mucho gusto.
我的榮幸。

Deseo un jugo de naranja. 　　我要一杯柳橙汁。

---

jerez 雪利酒　　　　　　　　**vino** 葡萄酒

(vaso de) sidra 蘋果酒　　　**ron** 蘭姆酒

(vaso de) cerveza 啤酒　　　**coñac** 干邑

jugo de manzana 蘋果汁　　**jugo de sandía** 西瓜汁

(vaso de) sangría 水果紅酒　**té negro** 紅茶

té verde 綠茶

Deseo un café frío. 　　　　我要一杯冰咖啡。

---

tibio 溫的　　　　　　　　　**caliente** 熱的

con hielo 加冰　　　　　　　**sin hielo** 去冰

con azúcar 加糖　　　　　　**sin azúcar** 不加糖

con leche 加牛奶　　　　　　**con leche condensada** 加煉乳

¿Me trae un poco más de agua?

可以請您多給我一些水嗎？

---

pan 麵包　　　　　　　　　　**mayonesa** 美乃滋

mostaza 芥末醬　　　　　　　**salsa de tomate** 番茄醬

¿Me trae un cuchillo? 　　可以給我一把刀子嗎？

---

un tenedor 一支叉子　　　　**una cuchara** 一把湯匙

un plato 一個盤子

套進去說說看！

享用美食

| 32 |

買單

La cuenta

你可以這樣說

A: La cuenta, por favor.
請給我帳單。

B: Enseguida. Aquí tiene.
馬上來。這是您的帳單。

A: Creo que hay un error en la cuenta.

Yo no ordené esto.

我想帳單有錯誤。
我沒有點這個。

B: Lo siento. Tiene razón.
對不起。您是對的。

A: ¿Puedo pagar con tarjeta de crédito?
我能刷信用卡嗎?

B: Sí, claro.
是的,當然可以。

西班牙文我最行

可以這樣說！

Creo que hay un error en la cuenta. 　我想帳單有錯。

Yo no ordené esto. 　我沒有點這個。
El precio está incorrecto. 　金額不正確。

暢遊西語系國家

① 在西班牙和拉丁美洲部分國家，會把稅（impuesto / I.V.A. / I.V.I.）包含在帳單（la cuenta）中。服務費（servicio）有時也包含在帳單裡。不過服務生通常會期待客人額外給小費（propina），金額大約是總消費金額的 5% 到 10%。

② 如果您不知道如何點餐，可以參考鄰桌的菜色，詢問服務生：「¿Qué es esto?」（這是什麼？）或「¿Cómo se llama esto?」（這叫什麼？）、「¿Qué contiene?」（包含什麼？）如果有喜歡的菜色您可以說：「Yo quiero uno de eso.」（我想點一份這種菜。）便可以輕鬆享受美食。當點餐後發現餐點還沒送到，您可以詢問服務生：「Disculpe, mi comida todavía no ha llegado.」（不好意思，我的餐點還沒來。）

③ 在西語系國家享用「bistec」（牛排）時，可以使用下列語詞來選擇您喜愛的熟度：「término medio」（五分熟）、「tres cuartos」（七分熟）、「bien cocido」（全熟）。

④ 到高級餐廳用餐時，必須注意下列禮儀：

（1）抵達餐廳時，請等候服務生帶位，不要自行就座。一般來說，服務生會主動詢問客人想坐在哪個位置，如果您有喜好的位子也可以直接告訴服務生。

（2）部分餐廳可能全面禁菸，您可以在訂位時先向餐廳詢問。

（3）每個桌子都會有負責的服務生，您可以向服務生詢問菜單內容或建議餐點。服務生會為客人倒酒，所以您不必起身替朋友倒酒，也不要為了應酬朋友而猛灌。

¡Más barato,
por favor!
請便宜一點！

第七篇
購物逛街

| 33 | 問路 Preguntando una dirección
| 34 | 購物 De compras
| 35 | 殺價 Regateando un precio
| 36 | 付款 Pago

第七篇

| 33 |

問路 Preguntando una dirección

你可以這樣說

A: Disculpe, ¿dónde está el área comercial más importante?

請問，主要的商業區在哪裡？

B: Se llama Zona Rosa y está muy cerca de aquí.

主要的商業區叫做 Zona Rosa，離這裡很近。

A: ¿Puede marcármelo en este mapa?

您可以幫我在地圖上做記號嗎？

B: Claro / Por supuesto. Tome la tercera calle y gire / doble a la derecha.

當然。走到第三條街右轉。

A: ¿A qué hora abren las tiendas?

那些店幾點開門營業？

B: A las nueve de la mañana.

上午九點。

A: Gracias.

謝謝。

西班牙文 我 最 行

套進去說說看！

¿Dónde está el área comercial más importante?
請問，主要的商業區在哪裡？

la farmacia 藥局　　　　　　la tienda 商店
el correo 郵局　　　　　　　el banco 銀行
la librería 書店　　　　　　el restaurante 餐廳
la gasolinera 加油站　　　　el baño / el servicio / el retrete 廁所
la tienda de recuerdos 紀念品店　　el centro comercial 商業中心

小提醒：您可以在第五篇找到更多地點的西班牙語說法。

套進去說說看！

Tome la tercera calle.　　　走到第三條街。

primera 第一條　　　　　segunda 第二條

小提醒：您可以在第四篇「住宿登記」單元，找到更多序數的西班牙語說法。您只需要將字尾的「o」改為「a」，例如把「segundo」（第二）改為「segunda」，就可以放在這個句型使用，說明到幾條街。

Gire / Doble a la derecha.　　右轉。

izquierda 左轉

暢 遊 西語系 國 家

　　西班牙和拉丁美洲人說話速度很快，如果聽不清楚地址或數字，您可以說：「¿Puede escribir la dirección aquí, por favor?」（可以請您把地址寫在這裡嗎？）如果想知道店家營業時間，您可以說：「¿Cuál es el horario de la tienda?」（這家店的營業時間是幾點到幾點？）對方可能會回答：「De 8 a.m. a 4 p.m.」（從上午八點到下午四點。）

購物逛街

101

 你可以 這樣說

A: Señor, bienvenido. ¿En qué puedo ayudarle?
先生，歡迎光臨。有什麼需要幫忙的嗎？

. . . .

B: Deseo una camisa.
我想要一件襯衫。

. . . .

A: ¿Qué talla desea?
想要哪種尺寸？

. . . .

B: Grande, por favor.
請給我大號。

. . . .

A: ¿Qué color prefiere?
您喜歡什麼顏色？

. . . .

B: Blanca. ¿Dónde puedo probármela?
白色。我可以在哪裡試穿？

. . . .

A: Por favor, sígame.
請跟我來。

西班牙文我最行

套進去說說看！

Deseo una camisa.　　我想要一件襯衫。

unos pantalones 一條褲子　una <u>falda</u> / <u>enagua</u> 一條裙子

una corbata 一條領帶　un traje 一件西裝

unos calcetines 一雙襪子　una camiseta 一件 T 恤

una bufanda 一條圍巾　unos calzoncillos 一件男用內褲

unas bragas 一件女用內褲　un <u>sujetador</u> / <u>sostén</u> 一件胸罩

una chaqueta 一件夾克　un vestido 一件禮服

可以這樣說！

¿Qué talla desea?　　想要哪種尺寸？

grande 大號　mediana 中號

pequeña 號

可以這樣說！

¿Qué color prefiere?　　您喜歡什麼顏色？

blanco 白色　rojo 紅色　azul 藍色

amarillo 黃色　verde 綠色　naranja 橘色

negro 黑色　gris 灰色　violeta 紫色

café 咖啡色　rosa / rosado 粉紅色

小提醒：想描述更精準的顏色嗎？您還可以在顏色之後加上「claro」（淺）或「oscuro」（深），就可以說明顏色的深淺，例如：「azul claro」（淺藍色）、「rojo oscuro」（深紅色）。西班牙語的顏色可以當成形容詞使用，根據主詞的陽性、陰性而有變化。例如：「camisa negra」（黑色的襯衫）、「vestido rojo」（紅色的禮服）。而「naranja、azul、café」這幾個顏色則是例外，不需做任何變化

第七篇

|35|

殺價

Regateando un precio

你可以這樣說

A: ¿Cuánto cuesta este <u>recuerdo</u> / <u>souvenir</u>?
這個紀念品多少錢？

B: Quinientos pesos.
五百披索。

A: ¿Me puede hacer un descuento? Se lo compro en doscientos cincuenta pesos.
可以給我折扣嗎？算二百五十披索我就買。

B: Lo siento, este precio es muy barato.
抱歉，這個價格很便宜了。

A: ¿Qué le parece tres recuerdos en novecientos pesos?
我買三個可以算我九百披索嗎？

B: Mil cien pesos por tres recuerdos es lo más barato.
三個算您一千一百披索是最便宜的價格了。

A: Está bien. Me lo llevo. ¿Puede envolvérmelo?
好吧。我買了。可以幫我包裝嗎？

B: Claro.
當然。

西班牙文我最行

¿Cuánto cuesta este <u>recuerdo</u> / <u>souvenir</u>?

這個紀念品多少錢？

---

esta artesanía 這個手工藝品　　**este cuadro** 這幅畫

este bolso 這個皮包　　**este collar** 這條項鍊

este reloj 這支手錶　　**estas gafas de sol** 這副太陽眼鏡

este sombrero 這頂帽子　　**esta gorra** 這頂棒球帽

暢遊西語系國家

① 當店員向您說：「¿En qué puedo ayudarle?」（有什麼需要幫忙的嗎？），如果您只想隨意逛逛，可以說：「Gracias. Estoy viendo.」（謝謝。我先看一下。）

② 如果衣服不合身，您可以跟店員說：「¿Tiene otro más grande?」（你有另外更大號的衣服嗎？），或是「¿Tiene otro más pequeño?」（你有另外更小號的衣服嗎？）

③ 在西班牙，許多商店在午餐時間會關門休息，直到下午四點左右，才會繼續開門營業到晚上八點。不過大城市的百貨公司中午不會休息。在拉丁美洲，商店中午不會休息，營業時間通常是上午九點到晚上七點。

④ 若您對傳統產品有興趣，可以詢問當地人：「¿Cuáles son los productos típicos de esta zona?」（這個地區的特產是什麼？）。西班牙與拉丁美洲有許多精美的紀念品和禮品可以選購，像是明信片、木雕、毯子、吊飾、皮革、銀飾和金飾。它們通常叫做「recuerdos」（紀念品），有些國家叫做「souvenir」。

⑤ 當您在手工藝品市集、傳統市場、小商店購物時，您可以說：「Deme un descuento.」（給我一些折扣。）、「¿Hay rebaja?」（有折扣嗎？）、「Más barato.」（便宜一點。）或許有機會可以拿到折扣。

你可以 這樣說

A: ¿Puedo ver ese maletín?
我可以看那個公事包嗎？

B: Sí, claro. Aquí tiene.
好的，當然可以。在這裡。

A: ¿De qué material está hecho?
它是用什麼材料做的？

B: Cuero. Y está en promoción.
皮革。而且現在有促銷。

A: ¿Cuánto vale?
多少錢？

B: Tres mil pesos.
三千披索。

A: ¿Puedo pagar con tarjeta de crédito?
可以用信用卡付款嗎？

B: Claro.
當然。

西班牙文我最行

可以這樣說！

¿De qué material está hecho? 它是用什麼材料做的？

Plástico 塑膠   **Madera** 木頭   **Metal** 金屬

Algodón 棉布   **Lana** 羊毛   **Seda** 絲綢

Oro 金   **Plata** 銀   **Cobre** 銅

Coral 珊瑚   **Cristal** 水晶   **Vidrio** 玻璃

Marfil 象牙   **Ónix** 瑪瑙   **Acero inoxidable** 不鏽鋼

套進去說說看！

¿Puedo pagar con tarjeta de crédito?

可以用信用卡付款嗎？

cheque viajero 旅行支票   **cupón** 禮券

暢遊西語系國家

① 當您使用旅行支票付款，記得先詢問店員：「¿Cobran comisión por pagar con cheque viajero?」（如果使用旅行支票付款，你們會收取手續費嗎？）

② 在某些國家消費，您可以辦理退稅。消費前您必須確認可以退稅的店家，並請店員協助填寫退稅表格。您可以在機場辦理外籍旅客退稅，這時請說：「Deseo solicitar la devolución de impuestos.」（我要辦理退稅。）

③ 如果您計畫送禮給西班牙或拉丁美洲的朋友，請記得當地送禮的習慣：

（1）沒有帶伴手禮就去拜訪朋友，是不禮貌的舉動。

（2）避免送任何與數字 13 有關的物品，因為 13 象徵惡運；不要送刀子或剪刀，因為這些工具象徵剪斷彼此的關係；送花不可以送菊花和大麗花（又稱大理花），因為這些花與死亡有關。

購物逛街

¡Qué hermosa!

好美麗啊！

第八篇
觀光遊覽

37	當地旅行團 Excursiones locales
38	教堂 Iglesias
39	博物館 Museos
40	風景 Paisajes
41	表演 Espectáculos
42	拍照 Fotografías
43	在郵局 En el correo

你可以 這樣說

A: ¿Tiene alguna excursión a Copán?
¿Qué lugares visita?

您有去 Copán 的旅行團嗎？
去哪些地方參觀？

B: Sí, hay excursiones de un día completo y de medio día a Copán y San Pedro Sula. Aquí tiene un folleto con la información y el itinerario.

有，去 Copán 和 San Pedro Sula 有整天和半天的旅行團。
這裡有資訊手冊和行程給您。

A: ¿Cuánto cuesta la excursión? ¿Qué incluye?
¿A qué hora sale la excursión?

旅行團的價格要多少錢？包含哪些東西？
何時出發？

B: Doscientos dólares americanos. La excursión incluye la comida y el transporte. Sale de aquí a las siete de la mañana.

二百美金。旅行團包含食物和往返的交通。早上七點從這裡出發。

A: Muy bien. Resérveme dos boletos.

太好了。幫我預定二張票。

西班牙文 我 最 行

套進去說說看！

¿Tiene alguna excursión a Copán?

您有到 Copán 的旅行團嗎？

de un día completo 整天　　de medio día 半天

por la noche 晚上　　alrededor de la ciudad 遊覽城市

a la playa 到海灘　　al volcán 到火山

a la isla 到島嶼　　a la montaña 到山上

a las cataratas 到瀑布　　a lugares históricos 到歷史景點

套進去說說看！

La excursión sale de aquí a las siete de la mañana.

這個旅行團早上七點從這裡出發。

del parque 從公園　　del hotel 從飯店

del puerto 從港口　　de la estación 從車站

套進去說說看！

La excursión incluye la comida.

這個旅行團包含食物。

el desayuno 早餐　　el almuerzo 午餐

la cena 晚餐　　el transporte 交通

la propina 小費　　los impuestos 稅

觀光遊覽

38

教堂 Iglesias

你可以這樣說

A: Disculpe, ¿cómo se llama esta iglesia? Es muy hermosa.

請問，這個教堂叫什麼名字？它非常美麗。

B: La Merced. ¿Le gustan las iglesias?

它叫做 La Merced。您喜歡教堂嗎？

A: Sí, me fascinan.

是的，我非常著迷。

B: Esta ciudad tiene muchas iglesias preciosas. Por ejemplo: la Basílica de Los Angeles y la Catedral.

這個城市有許多珍貴的教堂。例如：Basílica de Los Angeles 和 Catedral。

A: ¡Grandioso! ¿Dónde están?

太棒了！它們在哪裡？

B: La Basílica está a doscientos metros de aquí. La Catedral está atrás.

Basílica 離這裡二百公尺。Catedral 在後面。

A: Muchas gracias.

非常感謝。

西班牙文我最行

¿Cómo se llama esta iglesia?　這個教堂叫什麼名字？

esta catedral 這個主教堂　　　　esta basílica 這個聖堂
este paseo 這個大道　　　　　　este monumento 這個紀念碑

¿Le gustan las iglesias?　您喜歡教堂嗎？

los parques 公園　　　　　　las películas 電影
los museos 博物館　　　　　las plazas 廣場
los castillos 城堡　　　　　　los palacios 皇宮
los carnavales 嘉年華　　　　los desfiles 遊行
las fiestas patronales 主保節

暢遊西語系國家

① 到西語系國家旅遊，一定不會錯過天主教教堂，這些教堂具有不同時代的建築風格和歷史意義，也能讓您更貼近當地的生活習俗。西語系國家常見的教堂有下列幾種：「catedral」（主教堂）、「basílica」（聖堂）、「iglesia」（教堂）。主教堂為每個教區的主教駐在地；聖堂是天主教特有的教堂類型，通常是總主教駐在地，或是曾經發生過特殊宗教神蹟的地點；最後是位於每個傳道區的教堂，設有主任牧師。

② 參觀西語系國家教堂時，下列常見的建築風格字彙，提供給您參考：

gótico 哥德式　　　　　　　　barroco 巴洛克式
neoclásico 新古典主義風格　　　rococó 洛可可式
modernista 現代主義風格　　　　renacentista 文藝復興時期風格

博物館 Museos

你可以 這樣說

A: ¿Cuánto cuesta la entrada?

入場費要多少錢？

B: Hoy es lunes y la entrada es <u>gratis</u> / <u>libre</u>.

今天是星期一所以免費入場。

A: ¡Qué buena suerte! ¿Tiene un panfleto con información de la exposición y audio-guías?

真好運！您有展覽的資訊手冊和語音導覽嗎？

B: Sí. La información está en inglés, chino y español. El costo de las audio-guías es de sesenta y cinco pesos por persona y de cuarenta y cinco pesos para estudiantes, jubilados y mayores de sesenta años.

有。有英文、中文和西班牙語的資訊。語音導覽的費用是六十五披索，而學生、退休人士和滿六十歲以上的人是四十五披索。

A: ¿Dónde puedo comprar recuerdos de la exposición?

哪裡可以買展覽的紀念品？

B: Por favor, pase por la tienda de recuerdos.

請到紀念品店。

西 班 牙 文 我 最 行

套進去說說看！

Hoy es lunes 23 de agosto.　　今天是八月二十三號星期一。

lunes 星期一　　　　　　　martes 星期二

miércoles 星期三　　　　　jueves 星期四

viernes 星期五　　　　　　sábado 星期六

domingo 星期日

套進去說說看！

¿Tiene un panfleto con información de la exposición?

您有展覽的資訊手冊嗎？

de la ciudad 城市　　　　de la feria 會展 / 園遊會

del monumento 紀念碑　　del pintor 畫家

de la galería 畫廊　　　　de la pintura 圖畫

de la obra 作品　　　　　de la escultura 雕刻

暢 遊 西 語 系 國 家

① 西班牙語的日期說法是「星期＋日子＋ de ＋月份＋ de ＋年份」，所以「2010 年 12 月 22 日星期三」就要寫成「miércoles 22 de diciembre de 2010」。日期的西班牙語縮寫是「DD/MM/AA」（日期 / 月份 / 年份）。當您想詢問日期，可以說：「¿Qué día es hoy?」（今天星期幾？）

② 博物館和美術館都使用「museo」這個字。西語系國家有許多值得參觀的博物館和美術館，通常每週都有一天開放給學生和團體免費參觀，您可以先查詢免費參觀日、閉館日、導覽服務、以及「eventos especiales」（特殊活動），再前往參觀。

③ 有些博物館禁止攜帶大型背包入場，您必須寄放在「guardabultos / guardaropa / consignas」（寄物處）。博物館門票請您務必保管好，以便館員查驗。

觀光遊覽

115

第八篇

40

風景 Paisajes

你可以這樣說

A: ¿Qué lugares con paisajes naturales me recomienda?

您建議我哪些有自然風景的景點？

B: Puede ir al Parque Nacional. Este parque es uno de los lugares más famosos de nuestro país. ¿Ha estado alguna vez ahí?

您可以去國家公園。這個公園是我們國家許多有名的地方之一。您曾經去過那裡嗎？

A: No, pero es una muy buena idea. ¿Qué tipo de paisajes podría mirar en este lugar?

沒有，不過是一個好主意。在那裡我可以看到哪種風景？

B: Podrá mirar desiertos, praderas y arrecifes de coral.

您可以看到沙漠、草原和珊瑚礁。

A: ¿Qué actividades se pueden hacer?

在那裡我可以做什麼活動？

B: Puede acampar, caminar y pescar.

您可以露營、步行和釣魚。

116

西班牙文 我 最 行

Puede ir al Parque Nacional.

您可以去國家公園。

al bosque 森林	a la reserva biológica 自然保留區
a la montaña 山	a las cuevas 洞穴
a la playa 海灘	al río 河流
al lago 湖泊	al aviario 鳥園
al serpentario 蛇園	al zoo / zoológico 動物園

暢 遊 西 語 系 國 家

① 參加當地的旅行團是到西語系國家旅行的好選擇，因為可以到許多國際旅行團不會安排的景點。然而當您選擇旅行團時，務必確認安排行程的當地旅行社是否通過政府核可，同時可以多詢問幾家旅行社以便找到最優惠的價格。比價的時候記得比較不同旅行社安排的行程，分別參觀哪些景點、費用包含哪些項目、自費的項目為何。當您覺得行程價格太高，想跟旅行社爭取折扣或殺價時，可以說：「¿Puede darme un descuento?」（可以給我折扣嗎？）

② 當地旅行團多數會提供西班牙語和英語的導覽服務，若您希望有中文導覽，可以詢問：「¿Tiene alguna excursión en chino?」（您有任何中文導覽的旅行團嗎？）

③ 如果您跟著當地旅行團出遊，下列重要句子請您務必牢記：「¿A qué hora hay que volver?」（幾點集合？）、「¿De dónde sale el bus / coche?」（車子從那裡出發？）、「¿Dónde está el baño?」（廁所在那裡？）

④ 當您抵達西語系國家的城市時，如果城市的名字有「patrón」或「santo」，這個城市通常會在守護該城市的聖徒生日時，舉辦盛大的「Las fiestas patronales」（主保節），同時主保節當月會進行各式盛大活動。這些慶祝活動源自宗教傳統（天主教）、原住民傳統，甚至非洲傳統（特別是加勒比海地區的國家）。

你可以 這樣說

A: Una entrada / Un billete / Un tiquete para el espectáculo de las tres de la tarde, por favor.

請給我一張下午三點表演的票。

B: Lo siento, sólo hay para el de las cuatro de la tarde.

抱歉，只有下午四點的場次有票。

A: Disculpe, ¿cuánto tiempo dura el espectáculo?

請問，演出的時間是多久？

B: Dos horas aproximadamente.

大約二個小時。

A: Está bien. Deme una entrada. Deseo una butaca en primera fila. ¿Cuánto cuesta?

好的。給我一張票。我要正廳第一排的座位。票價是多少？

B: Cincuenta euros.

五十歐元。

西班牙文我最行

Una entrada para el espectáculo, por favor.

請給我一張表演的票。

la comedia 喜劇   la ópera 歌劇

la obra de teatro 舞台劇   la película 電影

el concierto 音樂會   el musical 音樂劇

la presentación de la orquesta 管弦樂團

Deseo un asiento en butaca en primera fila.

我要正廳第一排的座位。

platea 二樓

platea alta 三樓

galería 樓廳

暢遊西語系國家

① 您可以在西語系國家欣賞許多特別的表演，例如：「música andina」（安地斯山脈的原住民音樂）、「flamenco」（佛朗明哥）、「mariachi」（墨西哥傳統樂隊）、「tango」（源自阿根廷的探戈樂舞）、「salsa」（源自古巴的騷莎樂舞）、「cha cha chá」（源自古巴的恰恰樂舞）、「bolero」（源自古巴的拉丁樂舞）、「merengue」（源自多明尼加的拉丁樂舞）、「bachata」（源自多明尼加的拉丁樂舞）、「cumbia」（源自哥倫比亞的拉丁樂舞）、「vallenato」（源自哥倫比亞的拉丁樂舞）。您也可以到觀光服務中心詢問：「¿Tiene un programa de los espectáculos de la semana?」（有這星期的表演節目單嗎？）

② 您可以上網訂購表演門票，不定時會有「ofertas y descuentos」（特價和折扣），或到「boletería / taquilla」（售票處）購票。「galería」（後座）的票價最便宜，若與家人或團體同行，可購買「palco」（包廂）的票，方便大家一起觀賞演出。

你可以 這樣說

A: ¿Se pueden hacer fotos aquí?
這裡可以拍照嗎？

B: Sólo se puede tomar fotos en la entrada.
只能在入口處拍照。

A: Disculpe, ¿puede tomarnos una foto?
請問，可以幫我們拍照嗎？

B: Con mucho gusto.
我的榮幸。

A: Presione aquí.
按這裡。

B: ¿Cómo desea la foto?
您想拍怎樣的照片？

A: Quiero una foto con todo el paisaje, por favor.
我要跟所有風景合照，麻煩您。

B: Uno, dos, tres, sonría. Listo. Aquí tiene.
一、二、三，笑。好了。這是您的相機。

A: Muchas gracias.
非常感謝。

西班牙文我最行

套進去說說看！

Sólo se puede tomar fotos en la entrada.

只能在入口處拍照。

fuera de la exhibición 在展覽的外面

en aquella área 在那個區域

套進去說說看！

Quiero una foto con todo el paisaje.　　我要跟所有風景合照。

con este edificio 跟這個建築合照

con esta estatua 跟這個雕像合照

de cerca 拍近一點的照片

de lejos 拍遠一點的照片

de medio cuerpo 拍半身的照片

de cuerpo entero 拍全身的照片

暢遊西語系國家

① 西語系國家的人民都很樂於跟外國人合照，如果想跟當地人合照，建議您不妨大方詢問：「Disculpe, ¿puedo tomarme una foto con usted?」（請問，可以跟您拍張照片嗎？）

② 提醒您在旅途中，務必保持尊重當地人的傳統與文化的心態和舉動。因為有些當地人不喜歡外國人拍攝關於傳統習俗的照片，或是沒有經過當地人許可，就直接拍照，這些行為都會被視為沒有禮貌的舉動。

③ 有些地方禁止在室內拍照，所以當您不確定遊覽的地點是否可以拍照，可以詢問館員或服務人員：「¿Se pueden hacer fotos aquí?」或「¿Se pueden tomar fotos aquí?」（這裡可以拍照嗎？）

④ 如果您希望對方幫忙多拍一張照片，您可以說：「Otra foto, por favor.」（麻煩您再拍一張照片。）

觀光遊覽

第八篇

43

在郵局

En el correo

你可以這樣說

A: Deseo enviar esta carta a Taiwán.
我想寄這封信到台灣。

B: ¿Corriente, urgente o certificado?
您要寄普通信、限時信或是掛號信？

A: ¿Cuánto tiempo dura el envío?
寄送時間要多久？

B: El envío corriente dura un mes y el urgente quince días.
普通信寄送時間要一個月，而限時信要十五天。

A: Urgente, por favor.
我要寄限時信，麻煩您。

B: Muy bien. Son cuatro dólares americanos. El buzón está a la derecha.
好的。郵資是四美金。
郵筒在右邊。

A: Muchas gracias.
非常謝謝。

西班牙文我最行

套進去說說看！

Deseo enviar esta carta a Taiwán.　我想寄這封信到台灣。

esta tarjeta postal 這張明信片

este paquete 這個包裹

esta caja 這個箱子

套進去說說看！

Deseo enviar esta carta por correo urgente.

這封信我要寄限時郵資。

certificado 掛號

corriente 普通

暢遊西語系國家

① 部分西語系國家的郵政服務不太可靠，所以當您要寄送有價信函，建議以「correo certificado」（掛號信）的方式寄送。

② 若您購買許多紀念品或產品，可以透過郵局寄送回國。但是請務必確認在您自己的國家需要付多少錢的進口稅。

③ 若您需要寄送包裹，可以在包裝上寫下這些單字，確保包裹完整：

No doblar 請勿摺疊　　　　　　　　　　Frágil 易碎品

Entrega inmediata 即時交付　　　　　　Vía aérea 航空寄送

Vía marítima 海運寄送

觀光遊覽

¡Ayuda!

救命！

第九篇
緊急求助

| 44 | 緊急狀況 Situaciones de emergencia
| 45 | 就醫 En el hospital
| 46 | 遺失物品 Objetos extraviados
| 47 | 迷路 Personas perdidas

第九篇

| 44 |

緊急狀況

Situaciones de emergencia

你可以 這樣 說

A: Deseo denunciar un robo.

我要報一件搶劫案。

B: ¿Qué le pasó?

發生了什麼事？

A: Un hombre me arrebató el bolso.

有個男人搶了我的手提包。

B: Describa al hombre, por favor.

請描述那個男人的樣子。

A: Alto, gordo, ojos negros y pelo largo.

高的、胖的、黑眼睛和長頭髮。

B: Anotado. Si tenemos alguna noticia, le avisaremos inmediatamente. Por favor, complete este formulario con su nombre, su número de teléfono y su firma.

我已經寫下來了。如果我們有任何消息，馬上通知您。
請在這張表格填上您的姓名、電話並簽名。

西班牙文 我 最行

套進去說說看！

Deseo denunciar un robo.	我要報一件搶劫案。

un incendio 一件火災　　　　**una pérdida** 一件遺失案

un accidente 一件意外　　　　**una violación** 一件強暴案

套進去說說看！

El hombre es alto.	那個男人很高。

bajo 矮　　　　　　　　　　gordo 胖

delgado 瘦　　　　　　　　joven 年輕

viejo 老　　　　　　　　　guapo 帥

feo 醜

套進去說說看！

El hombre tiene los ojos negros.	那個男人有黑色的眼睛。

los ojos azules 藍色的眼睛　　los ojos verdes 綠色的眼睛

el pelo largo 長髮　　　　　　el pelo corto 短髮

el pelo rizado 捲髮　　　　　　el pelo liso 直髮

暢遊 西語系 國家

① 當您離開飯店或民宿，請隨身攜帶當地大使館或辦事處及警察局的電話。

② 在緊急狀況下，您可以使用下列單字請求協助或支援：「Llame a la ambulancia.」（叫救護車。）、「Llame a los bomberos.」（叫消防隊。）、「Llame a la policía.」（叫警察。）、「Detengan a ese hombre.」（抓住那個男人。）、「¡Fuego!」（著火了！）、「¡Ayuda! / ¡Auxilio! / ¡Socorro!」（救命！）、「¡Un ladrón!」（有小偷！）

第九篇

|45|

就醫

En el hospital

你可以 這樣 說

A: Doctor, no me siento bien.

醫生，我覺得不舒服。

B: ¿Cuáles son los síntomas? Voy a tomarle la temperatura.

有什麼症狀？我要給您量體溫。

A: Tengo tos y me duele la cabeza.

我有咳嗽和頭痛。

B: ¡Abra la boca! ¡Respire profundo! No se preocupe, no es grave. ¿Es alérgica a algún medicamento?

打開嘴巴！深呼吸！不要擔心，不嚴重。您對藥物過敏嗎？

A: No.

沒有。

B: Aquí tiene la receta. Tome una pastilla después de cada comida y coma alimentos livianos.

這裡是處方箋。每餐飯後吃一顆藥，吃清淡的食物。

西班牙文我最行

Tengo tos.　　　　　　　　　　我有咳嗽。

fiebre 發燒　　　　　　　　　　**gripe** 流行性感冒

problemas respiratorios 呼吸道疾病　**diarrea** 腹瀉

náuseas 噁心　　　　　　　　　**deseos de vomitar** 想吐

Me duele la cabeza.　　　　　我頭痛。

el vientre 腹　　　　　　　　　el pecho 胸口

el estómago 胃　　　　　　　　la garganta 喉嚨

la espalda 背　　　　　　　　 las muelas 臼齒

los pies 腳　　　　　　　　　 los ojos 眼睛

los oídos 耳朵

Aquí tiene la receta.　　　　這裡是處方箋。

unas cápsulas 膠囊　　　　　　unas píldoras 藥丸

unas pastillas 藥片　　　　　　un jarabe 藥水

un ungüento 藥膏　　　　　　 un parche 貼布

unos supositorios 肛門塞劑　　　unas gotas para los ojos
　　　　　　　　　　　　　　 眼藥水

Tome una pastilla después de cada comida.

每餐飯後吃一顆藥。

antes de cada comida 每餐飯前　　**antes de dormir** 睡前

cada cuatro horas 每四小時

第九篇

46

遺失物品
Objetos extraviados

你可以這樣說

A: Disculpe, ¿ha devuelto alguien un reloj?
不好意思，有人送回一隻手錶嗎？

B: Permítame un momento para preguntar. No, señor.
請稍等一下我問問看。先生，沒有。

A: ¡Qué mala suerte! ¿Puede avisarme si alguien lo encuentra?
運氣真差！如果有人找到可以通知我嗎？

B: Con mucho gusto. Por favor, escriba su nombre, su número de teléfono y la dirección de su hotel.
我的榮幸。請留下您的姓名、電話號碼和飯店的地址。

A: Aquí tiene.
寫好了。

B: Le avisaré si tenemos noticias. Sin embargo, para serle sincera, es un poco difícil.
如果有消息我會通知您。但是，說實話，是有點難。

A: Entiendo. No importa. Muchas gracias.
我了解。沒有關係。非常謝謝。

西班牙文我最行

套進去說說看！

¿Ha devuelto alguien un reloj?　　有人送回一隻手錶嗎？

un paraguas 一把雨傘　　　**un libro** 一本書
un bolígrafo 一支筆　　　**una agenda** 一本工作日誌
unas gafas 一副眼鏡　　　**unas llaves** 一串鑰匙

套進去說說看！

Le avisaré si tenemos noticias.　　如果有消息我會通知您。

si lo encontramos 如果找到了　　**lo más pronto posible** 盡快
mañana 明天　　　**la próxima semana** 下個禮拜

暢遊西語系國家

① 當您需要緊急就醫時，可以跟身邊的人說：「Por favor, llame a la ambulancia.」（請幫我叫救護車。）或是您可以立刻叫一台計程車，跟司機說：「Por favor, lléveme al hospital / a la clínica.」（請載我到醫院 / 診所。）看診後，記得索取「la receta」（處方箋），接著到「la farmacia / la botica / la droguería」（藥房）領藥。提醒您，西班牙與拉丁美洲人碰到小感冒或輕微不舒服時，一般習慣先到藥房諮詢買藥，有需要才會到醫院看醫生。

② 若您在旅行出發地已經購買保險，務必跟保險公司確認回國後若要申請保險理賠，需提供哪些資料。當您需要索取收據時，可以跟醫生說：「¿Puede darme un recibo de pago, por favor?」（可以請您開付款的收據給我嗎？）

第九篇

| 47 |

迷路 Personas perdidas

你可以**這樣說**

A: ¿En qué puedo ayudarle?

有什麼我可以幫您嗎？

B: No encuentro a mi hijo.

我找不到我的兒子。

A: ¡No se preocupe! Vamos a llamarlo por el altavoz para localizarlo.

不要擔心！我們可以透過廣播尋找您的兒子。

B: Muchas gracias. Muy amable.

非常感謝。您真好心。

A: Por favor, escriba el nombre de su hijo y la ropa que lleva.

請您寫下您兒子的姓名以及穿什麼衣服。

B: Diego Wang. El lleva una camisa amarilla y pantalones azules.

他叫 Diego Wang。他穿黃上衣和藍褲子。

西班牙文我最行

No encuentro a mi hijo.	我找不到我的兒子。

esposo / esposa 先生 / 太太　　**papá / mamá** 爸爸 / 媽媽

hijo / hija 兒子 / 女兒　　**hermano / hermana** 哥哥 / 姊姊

abuelo / abuela 爺爺 / 奶奶　　**nieto / nieta** 孫子 / 孫女

tío / tía 叔叔 / 阿姨　　**cuñado / cuñada** 姊夫 / 嫂嫂

sobrino / sobrina 姪子 / 姪女　　**primo / prima** 堂哥 / 堂姊

suegro / suegra 公公 / 婆婆　　**yerno / nuera** 女婿 / 媳婦

套進去說說看！

暢遊西語系國家

① 西班牙語的家庭成員稱謂非常容易學習，與英文相同，同樣的單字同時代表父系親屬稱謂和母系親屬稱謂，而且同樣的單字只要將字尾改成「o」就表示男性、字尾改成「a」就表示女性，所以「abuelo」代表爺爺或外公、「abuela」代表奶奶或外婆。您還可以在稱謂後加上「mayor」（年紀長的）或「menor」（年紀輕的），可以更清楚說明年紀與排序，例如「hijo mayor」（大兒子）、「hijo menor」（小兒子）。

② 當您迷路，可以到「Información」（服務中心）說：「Estoy perdido.」（我迷路了。）請求協助。提醒您，旅行時隨身攜帶一張紙條，上面寫著：「Mi nombre es ~ . Por favor, llame al teléfono ~ en caso de emergencia.」（我的名字是～。在緊急狀況時，請打～這支電話。）以備不時之需。

③ 當朋友生病時，您可以說下列句子表示關心：「Espero que te recuperes pronto.」（祝您早日康復。）、「¡Cuídate!」（保重！）、「¿Te llevo al médico?」（要我帶你去看醫生嗎？）

緊急求助

¡Vamos a viajar alrededor del mundo!

一起環遊世界！

附錄
西語系國家概觀 作者 / Esteban Huang

| 48 | 西班牙 España
| 49 | 墨西哥與中美洲國家 México y América Central
| 50 | 南美洲國家 América del Sur

歡迎蒞臨西班牙

　　說到西班牙（España），您會浮現那些畫面？是穿著鮮艷的荷葉邊服裝，手裡拿著響板或摺扇的佛朗明哥（Flamenco）女舞者？還是身穿緊身華服，舞動紅色披肩激怒公牛的鬥牛士（Torero）？事實上，每年有超過五千萬名外國旅客造訪的西班牙，還有更多讓人流連忘返的魅力。

　　您可以到地中海沿岸，讓熱情的陽光在身體留下痕跡，也可以踏上遍布西班牙的世界文化遺產，親身感受多元種族和各式文化的氛圍，更可以參加西班牙人的節慶活動，徹夜狂歡與暢飲，最後別忘了到西班牙小餐館，享受道地的西班牙美食。沒錯，這裡是西班牙，每個人可以在這裡找到適合自己的旅遊假期。

　　西班牙的正式國名是西班牙王國（Reino de España），和葡萄牙（Portugal）一起位於歐洲西南端的伊比利亞半島（Península Ibérica），東北部與法國及安道爾公國相鄰，北濱大西洋，南瀕地中海。西班牙的人口約 4600 多萬人，國土面積有 50 多萬平方公里，約佔伊比利亞半島的六分之五，是歐洲第四大國家，西班牙的領土還包含地中海上的巴利亞利群島（Islas Baleares）、大西洋上的加納利群島（Islas Canarias）、非洲的修達（Ceuta）和梅利利亞（Melilla）等二個城市。

　　西班牙畫分為 17 個自治區，50 個省，因為位居歐洲與

北非大陸之間，歷史上一直是各家必爭之地，也因此多次遭受異族入侵，例如巴斯克人（Vasco）、塔提蘇人（Tartesian）、伊比利人（Iberia）、賽爾特人（Celta）、希臘人（Griego）、腓尼基人（Fenicia）、迦太基人（Cartaginesa）、羅馬人（Roman）、猶太教徒（Judíos）、穆斯林和基督教徒等，造就今日西班牙各地不同的歐洲傳統和阿拉伯風情。

西班牙原本是羅馬帝國的伊斯班尼亞省（Hispania），1479 年伊比利亞半島北部的卡斯蒂亞（Castilla）女王伊莎貝拉一世（Isabel I）與阿拉貢（Aragón）國王費南多五世（Fernando V）聯姻，奠定西班牙王國統一的根基。格蘭那達（Granada）地區的最後一批穆斯林在 1492 年被驅逐後，終於建立西班牙王國。

到 16 世紀時，國力強盛，是西班牙歷史上的黃金時代。然而 17 世紀後，西班牙國勢逐漸衰退，更因政權交替鮮少建樹，導致民生疾苦。佛朗哥將軍（Francisco Franco Bahamonde）於 1939 年贏得內戰後，展開 36 年的獨裁統治。直到 1975 年由西班牙王室璜卡洛斯一世（Juan Carlos I de Borbón）宣示就任國王，建立議會制的君主立憲民主國家，現行憲法於 1978 年 12 月 27 日生效。

西班牙趴趴走我最行

首都	馬德里市（Madrid），馬德里自治區為人口最多的自治區。
氣候	冬季最低溫為攝氏零下 1 至 15 度，夏季最高溫常超過攝氏 40 度。北部是海洋性氣候，中部是地中海大陸型氣候，南部是地中海型氣候。
時差	較台灣慢 6 小時（10 月至次年 3 月則慢 7 小時）。
電壓	220V，插頭為圓頭兩孔式。
貨幣	歐元（€，EUR）。 紙幣有 500、200、100、50、20、10 及 5 元。 硬幣有 1 分、2 分、5 分、10 分、20 分、50 分、1 歐元及 2 歐元。
交通	公車：各地公車路線發達，通常上午 6 點發車，午夜收車。 地鐵：馬德里有 11 條路線，四通八達。巴塞隆納則有 6 條路線。 計程車：可在計程車招呼站或街上攔車，起步價為€ 1.20 ～ 1.55。 火車：國營火車系統 Renfe 為主。
營業時間	一般商店上午 9 點到下午 2 點，下午 4 點半或 5 點開始營業到晚上 8 點，週六下午和週日休息。 百貨公司和大型超市週一到週六上午 10 點營業到晚上 10 點。 觀光區的商店有時週日也會營業。

小費	多數飯店和餐廳加收服務費。 一般習慣給 5% ～ 10% 的小費。
衛生情況	衛生情況良好。 自來水安全可生飲。
簽證	持台灣護照可以免申根簽證方式前往西班牙旅遊，簽證相關事宜與細節可洽西班牙駐台商務辦事處：104 台北市民生東路三段 49 號 10 樓 B1，電話：02-25184901 ～ 3（簽證部）、02-25184905 ～ 7（商務部）。
危險與麻煩	常為數名歹徒夥同，以故意推擠、假裝問路、佯裝便衣警察、主動協助等方式，伺機行竊。 建議您隨身行李不離身，不配帶貴重飾品或手錶，衣著簡樸。

暢遊西語系國家

① 西班牙語（Español）是世界第三大語言，全球約有三億多人的母語是西班牙語，倘若再把西班牙語當作第二外語的人口也計算在內，全球有超過四億多人使用西班牙語。今日全球有二十個國家（包含西班牙、墨西哥、中南美洲多數國家、非洲赤道幾內亞）和聯合國、歐盟、非洲聯盟，把西班牙語當作官方語言。當然，還有正在閱讀本書的您，也是全球使用西班牙語的人口之一。

② 現代國際通行的西班牙語源自西班牙卡斯蒂亞王國（Castilla），原本是伊比利亞半島上的小國，興盛後與其他王國合併，形成西班牙王國。卡斯蒂亞王國的主要語言：卡斯蒂利亞語（Castellano），演變為今日西班牙官方語言，及西班牙語標準語音。然而，還有其它三種流通的方言：加泰隆尼亞語（Catalán）、巴斯克語（Euskara）、加葉哥語（Gallego），這些方言同樣享有官方語言的地位。

西班牙旅遊亮點

1 到馬德里（Madrid）參觀舉世聞名的三大博物館，沉浸在享樂放鬆的夜生活。

2 到托雷多（Toledo）欣賞中世紀建築和古鎮，見證天主教、猶太教、伊斯蘭多元文化互存融合的足跡。

3 到塞維亞（Sevilla）加入西班牙式的節慶狂歡與遊行，踏遍伊斯蘭風格的宮殿與城堡。

4 到巴塞隆納（Barcelona）享受海港風情與藝術家高第（Gaudí）的曠世傑作。

5 到瓦倫西亞（Valencia）市區造訪當地奇特多元的建築，參加歐洲最瘋狂的火節（Las Fallas），再到瀕臨地中海的度假勝地，帶著黝黑的皮膚踏上歸途。

6 到巴利亞利群島（Islas Baleares）享受陽光、大海、沙灘，不管是寧靜的海灘或環山景致，還是熱情放縱的夜生活，這裡都可以滿足您的要求。

Galicia

Santiago de Compostela

Portugal

Ex

Santander

Cantabria

País Vasco

Vitoria
Gasteiz

Pamplona

Francia

ANDORRA

Logroño

Navarra

La Rioja

Cataluña

stilla y León

Zaragoza

4

Valladolid

Aragón

Barcelona

1

MADRID

2

Madrid

6

Toledo

5

Palma

a

Valencia

Comunidad
Valenciana

Islas Baleares

Castilla-La Mancha

Murcia

Andalucía

Murcia

Mediterráneo

euta

Islas Canarias

Santa Cruz
de Tenerife

Melilla

África

帶著西班牙語，西班牙趴趴走！

1. 馬德里（Madrid）

　　馬德里是西班牙的政經文化中心，位於伊比利亞半島中央，可以區分成中世紀建築林立與數個著名廣場的舊市區，和政府機關、銀行、飯店及各國大使館所在的新市區。最繁榮的商業區在古蘭大道（Gran Vía），位於西班牙廣場（Plaza de España）和西貝列絲廣場（Plaza de la Cibeles）之間，這裡有許多西班牙品牌及精品店。

　　您可以搭乘市區觀光巴士（Madrid Visión），或搭乘 11 條路線的地鐵（Metro），造訪提森美術館（Museo Thyssen Bornemisza）、普拉多美術館（Museo del Prado）、蘇菲亞王后國家藝術中心（Museo Nacional Centro de Arte Reina Sofía）。接著到充滿古典氣息的王宮（Palacio Real）逛逛，累了就到太陽門廣場（La Puerta del Sol）、大廣場（Plaza Mayor）、哥倫布廣場（Plaza de Colón）兩旁的餐廳和露天咖啡館小憩。最後，到凡塔斯鬥牛場（Las Ventas）欣賞鬥牛士的英姿。

2. 托雷多（Toledo）

　　托雷多位於馬德里南方，聯合國教科文組織在 1987 年列入世界遺產。托雷多是伊斯蘭教、猶太教、天主教並存的城市，隨處可見的教堂，讓這個小城滿溢宗教氛圍。當您從馬德里搭乘巴士或火車前來托雷多，下車的巴士站或從火車站前來的巴士，都停靠在索科多佛廣場（Plaza de Zocodover），過去曾是鬥牛場，現在則是旅客

聚集地，廣場四周都是紀念品店、餐廳、露天咖啡館、糕餅店。您可以從這裡開始探索托雷多，搭乘古董火車造型的觀光小巴士（Tren Imperial），遊覽舊城區。

托雷多大教堂（Catedral）是最聞名的景點，自 1226 年興建，多次整建，融合多種風格。山丘上的阿卡薩城堡（Alcázar）和由 16 世紀醫院改建的聖十字美術館（Museo de Santa Cruz），同樣值得造訪。

3. 塞維亞（Sevilla）

塞維亞位於西班牙南部，是安達魯西亞自治區（Andalucía）和塞維亞省的首府，也是文化藝術之都和西班牙第四大都市。摩爾人在 712 年到 1248 年期間統治塞維亞，留下許多穆斯林控制的痕跡。瓜達爾基維爾河（Guadalquivir）將塞維亞分成東西岸兩區，主要旅遊景點大多位於東岸區。

您可以將塞維亞大教堂（Catedral）作為遊覽的起點，它是面積最大的中世紀哥德式大教堂，整座教堂富麗堂皇，吸引旅客的目光，再爬上希拉達塔（La Giralda）觀賞塞維亞街景。最後到摩爾式的阿卡薩城堡（Reales Alcázares）、黃金塔（Torre del Oro）、彼拉多之屋（Casa de Pilatos）、馬艾斯特朗薩鬥牛場（Plaza de Toros de la Maestranza）、瑪麗亞露意莎公園（Parque María Luisa）逛逛。晚上千萬別錯過塞維亞佛朗明哥表演場（Tablao）最道地的佛朗明哥（Flamenco）演出。

4. 巴塞隆納（Barcelona）

巴塞隆納是西班牙最國際化的城市，更是地中海旁最有活力的城市。發達的公車和 6 條地鐵，帶您抵達各地。花一天欣賞現代主義建築大師高第（Antonio Gaudí）驚人的建築傑作，先到奎爾公園（Parque Güell）感受這裡獨特的空間感，接著到聖家堂（Basílica de La Sagrada Familia）欣賞高第驚人的遺世之作，最後看看外型奇特的米拉之家（Casa Milá）和巴特婁之家（Casa Batlló）。

您還可以到畢卡索美術館（Museo Picasso）與米羅基金會美術館（Fundación Joan Miró），參觀畢卡索和米羅的真跡。從加

▲西班牙（España）的聖家堂（Basílica de La Sagrada Familia）

泰隆尼亞廣場（Plaza Cataluña）進入蘭布拉大道（Las Ramblas），是巴塞隆納最有名的購物區，沿途有許多餐廳和咖啡館，中央寬廣的林蔭人行道，擠滿逛街的人潮，還有許多街頭藝人和藝術家擺攤演出或展售作品，盡頭是哥倫布紀念碑（Monumento a Colón）。最後去哥德區（Barrio Gótico），或小巴塞隆納（La Barceloneta）享受海鮮大餐。

5. 瓦倫西亞（Valencia）

　　瓦倫西亞是西班牙第三大城市，位於東部的地中海沿岸，是日漸馳名的度假勝地，還是西班牙海鮮飯（Paella）的原產地。因為穆斯林曾經統治此地長達數世紀，直到 13 世紀基督徒奪回此地，讓瓦倫西亞融合了伊斯蘭與基督教的特色。

　　您可以在這裡造訪保存良好的中世紀城牆和富麗堂皇的城堡。若您在 3 月 12 日到 19 日抵達此地，請務必參加由爆竹煙火、露天狂歡、遊行慶祝組成的火節（Las Fallas）。當然，別忘了到地中海海岸，找回消失許久的黝黑皮膚。

6. 巴利亞利群島（Islas Baleares）

　　巴利亞利群島包括以下四個主要島嶼：馬約卡島（Mallorca）、伊維薩島（Ibiza）、梅諾卡島（Menorca）、福門特拉島（Formentera）等島嶼。這裡有引人入勝的海灘和山景，不論是去海灘慵懶享受陽光，或是到夜店尋找刺激，這裡都可以滿足您的要求。

歡迎蒞臨墨西哥與中美洲國家

　　中南美洲（América Central y América del Sur）是全球使用西班牙語人口最多的地區，15 世紀歐洲人殖民統治帶來的影響，導致今日中南美洲除了少數國家外，都將西班牙語和葡萄牙文（只有巴西使用）這兩種拉丁語系語言作為官方語言，因此產生拉丁美洲（América Latina）一詞，泛指以西班牙語和葡萄牙文作為官方或主要語言的美洲與加勒比海地區的國家。我們首先介紹墨西哥與中美洲國家，下一單元繼續認識南美洲國家。

　　墨西哥是唯一使用西班牙語的北美洲國家，中美洲包含：瓜地馬拉、薩爾瓦多、宏都拉斯、尼加拉瓜、哥斯大黎加、巴拿馬、貝里斯（使用英文）。除了墨西哥與哥斯大黎加，其他中美洲國家都是台灣邦交國。另外，散布在加勒比海上的安地列斯群島（Las Antillas），包含巴哈馬群島（Islas Bahamas）、大安地列斯群島（Antillas Mayores）、小安地列斯群島（Antillas Menores），多數國家也使用西班牙語。台灣的邦交國有：海地（Haití）、多明尼加（República Dominicana）、聖克里斯多福（St. Kitts）、聖文森（San Vicente y las Granadinas）、聖露西亞（Santa Lucía）。

　　今日，墨西哥與中美洲以豐富多樣的自然景觀和物種、古文明遺跡與殖民時期的歷史建築，吸引世界各地旅客的目光。您可以在這裡親身造訪熱帶雨林和叢林河流，哥斯大黎加以生態旅遊聞名於世。中美洲有許多壯麗的火

山（Volcán），值得您親訪。我們推薦下列幾座火山：哥斯大黎加的波阿斯火山（Volcán Poás）和阿蓮娜火山（Volcán Arenal）、瓜地馬拉的帕卡亞火山（Volcán Pacaya）和聖地亞基多火山（Volcán Santiaguito）、尼加拉瓜的馬薩亞火山（Volcán Masaya）。

中美洲有許多漂亮的海灘（Playa），例如墨西哥的坎昆（Cancún）、哥斯大黎加的空查爾海灘（Playa Conchal）和莫薩海灘（Playa Hermosa）、尼加拉瓜的玉米島（Isla del Maíz）、巴拿馬的聖布拉斯群島（Archipiélago de San Blas），都可以讓您悠閒地享受度假時光。

如果您想探索消逝在叢林中的馬雅（Maya）文明，請到墨西哥的猶加敦半島（Península de Yucatán）、瓜地馬拉的蒂卡爾（Tikal）、宏都拉斯的科邦（Copán），欣賞驚人的金字塔和神廟、象形文字和石雕。墨西哥市近郊的阿茲特克（Azteca）遺跡，請務必納入旅遊行程。

您還可以到巴拿馬運河（Canal de Panamá），讚嘆 20 世紀偉大的工程；到瓜地馬拉的安提瓜（Antigua），欣賞中美洲最美麗且保存良好的殖民古城。

附錄

墨西哥與中美洲國家趴趴走我最行

氣候	每年 12 月到隔年 4 月，是最佳旅遊季節。 中午 11 點到下午 1 點是最高溫時段，請留意中暑。 秋天入夜較涼，請著長袖衣物。 墨西哥與中美洲高度落差大，海拔 1000 公尺以下地區白天氣溫攝氏 29 ～ 35 度，晚上氣溫 24 ～ 28 度。 海拔 2000 公尺以上地區白天氣溫攝氏 23 ～ 25 度，晚上氣溫 10 ～ 12 度。
時差	較台灣慢 14 小時。
電壓	多數國家為 110V，只有少數地區是 220V。 請攜帶電壓轉接頭。
衛生情況	出發前請務必至台灣疾病管制局網站了解相關國家衛生訊息。 需準備簡易基本藥品，並投保旅遊平安險。
簽證	**瓜地馬拉、薩爾瓦多、宏都拉斯**：持台灣護照 90 天免簽證。 **尼加拉瓜**：持台灣護照可 90 天落地簽證。 上述四國針對台灣旅客實施單一簽證協定，任一國核發之簽證，皆可自由進出該四國。 **巴拿馬**：登機或入境時購買 5 美元觀光卡，即免簽證。 **哥斯大黎加**：需先向哥國駐日本或新加坡領事館申辦簽證，可停留 30 天。 **墨西哥**：須先至墨西哥商務辦事處簽證文件組辦理簽證（台北市基隆路一段 333 號 10 樓 1003 室）。

禮儀與禁忌	禮貌和外表，在中美洲人的社交生活中扮演重要角色。 當您進入餐廳、咖啡廳、銀行、飯店，或是搭乘交通工具，請記得對身邊的人微笑，親切地說：「Hola」（你好）、「Buenos días」（早安）。 當您在中美洲旅遊時，請保持外表整齊乾淨。特別當您參觀教堂，請著正式服裝以示對當地人的尊重。
危險與麻煩	小心扒手，避免穿戴珠寶首飾或攜帶貴重物品，到人潮擁擠的地方，背包建議背在胸前，也不要讓隨身物品離開視線。 入夜後盡量避免外出，倘若遭遇搶劫，請不要抵抗，以免性命受危，歹徒若取得財物會立刻離去。 錢財建議分開存放，貴重物品放在飯店的保險箱，同時護照請影印幾份備用。

暢遊西語系國家

　　拉丁美洲許多國家擁有大量原住民人口，今日稱呼美洲原住民最恰當的西班牙語單字是「Indígenas」（原住民），一般人熟悉的「Indios」（印第安人）一詞，隱含貶抑之意。

　　「Indios」出自義大利航海家哥倫布（Colón），1492 年航行至巴哈馬群島時，以為抵達印度，故取名為西印度群島（Los Indos），叫當地人為印第安人（Indios）。

　　對美洲原住民來說，哥倫布象徵歐洲殖民拉丁美洲的開端，隨著各國獨立後，原住民地位逐漸改善，許多機構與團體開始正名印第安人這個名稱，以更加政治正確的名稱代替。

附錄

墨西哥與中美洲國家旅遊亮點

1 到墨西哥（México）的首都墨西哥市（Ciudad de México）欣賞阿茲特克（Azteca）古文明遺跡和宏偉的廣場與教堂，再到猶加敦半島（Yucatán）探訪馬雅古文明遺跡和美麗的海灘。

2 到瓜地馬拉（Guatemala）的安提瓜（Antigua），欣賞保存良好的殖民古城，還有火山環繞的美景。再到蒂卡爾（Tikal）探索消逝在叢林中的馬雅古文明遺跡。

3 到號稱火山之國的薩爾瓦多（El Salvador）欣賞火山美景，再到海濱度假勝地享受水上活動，還可以到新興的馬雅考古景點走走。

4 到宏都拉斯（Honduras）的柯邦（Copán）親身體會著名的馬雅古文明遺跡，再到加勒比海岸享受潛水的樂趣。

5 到尼加拉瓜（Nicaragua）聞名的格蘭納達（Granada）和里昂（León），造訪西班牙殖民時期的建築。再到美麗的玉米島（Isla del Maíz）和馬莎亞火山（Volcán Masaya），欣賞自然風光。

Golfo de México

Bahamas

La Habana

Rep. Dominicana

Cuba

Ciudad de México

Santo Domingo

Ciudad de Guatemala

Haití

Jamaica

Las Antillas

2

Belize

4

Mar Caribe

emala

Tegucigalpa

3

Honduras

Salvador

5

Nicaragua

San Salvador

6

7

Costa Rica

América del Sur

Managua

San José

Panamá

Ciudad de Panamá

6

到哥斯大黎加（Costa Rica）的聖蘿莎國家公園（Parque Nacional Santa Rosa），觀賞豐富的野生物種。到波阿斯火山（Volcán Poás）和阿蓮娜火山（Volcán Arenal），還有著名的海灘，體驗壯麗的自然景色。

7

到巴拿馬（Panamá）見證20世紀最偉大的人類工程：巴拿馬運河（Canal de Panamá），在自由貿易區（Zona Libre）享受購物的樂趣，到聖布拉群島（Archipiélago de San Blas），享受跳島之旅。

帶著西班牙語，
墨西哥與中美洲國家趴趴走！

1. 墨西哥（México）

墨西哥合眾國（Estados Unidos Mexicanos）總人口超過一億，是人口最多的西語系國家，超過 90% 的人口為美洲原住民與歐洲人的混血後代（Mestizo）。您可以到匯聚現代、殖民、阿茲特克（Azteca）三種文化的墨西哥市（Ciudad de México），探訪宏偉的廣場與教堂、豔麗的壁畫。位於市區東北處的特奧提華坎（Teotihuacán）是造訪阿茲特克古文明必到之處。

猶加敦半島（Península de Yucatán），是馬雅（Maya）文明全盛時期的發展地，奇琴伊查（Chichen Itzá）、烏斯馬爾（Uxmal）、帕倫克（Palenque）是最有名的景點。最後，千萬別錯過坎昆（Cancún）和科蘇瑪（Cozumel）的海水與陽光。

▲墨西哥（México）的特奧提華坎（Teotihuacán）

2. 薩爾瓦多（El Salvador）

薩爾瓦多共和國（República de El Salvador）號稱火山之國，是中美洲最小的國家，伊薩克（Izalco）、聖安娜（Santa Ana）是最有名的火山。西班牙殖民者在 15 世紀建立今日的首都聖薩爾瓦多市

（San Salvador），風景優美，四季如春。薩爾瓦多有300多座馬雅遺跡，其中以霍亞德塞倫（Joya de Cerén）、聖安德烈斯（San Andrés）、（Tazumal）等地最有名。最後可以到濱太平洋的海灘，例如太陽海岸（Costa del Sol），享受陽光與水上活動。

3. 瓜地馬拉（Guatemala）

瓜地馬拉共和國（República de Guatemala）是中美洲最有原住民特色的國家，近六成人口是馬雅人。殖民古城安提瓜（Antigua），是西班牙殖民拉丁美洲時期的統治中心，雖然曾受地震毀壞，仍有許多保存良好的殖民建築和修道院，您還可以欣賞火山環繞的美景。

位於北部的蒂卡爾（Tikal），是最宏偉廣大的馬雅遺跡之一，這裡的金字塔、神廟、宮殿、廣場約有 3000 多座，還有刻有馬雅象形文字的石碑。阿蒂特蘭湖（Lago de Atitlán）是最美麗和著名的火山湖，四周有許多原住民聚落，也有溫泉可享用。

▲瓜地馬拉（Guatemala）的蒂卡爾（Tikal）

4. 宏都拉斯（Honduras）

宏都拉斯共和國（República de Honduras）的首都特古西加爾巴（Tegucigalpa），在美洲原住民語的意思是「銀山」，是世界上少數

▲宏都拉斯（Honduras）的柯邦（Copán）

幾個沒有鐵路通行的首都。四分之三的國土面積為山地和高原，號稱多山之國。

您可以直接搭機抵達位於北部的第二大城聖彼得蘇拉（San Pedro Sula），轉往中美洲最古老和最大的馬雅古文明所在地柯邦（Copán），親身體會消逝在熱帶叢林中的馬雅遺跡。

再到加勒比海岸的海灣群島（Islas de la Bahía）享受潛水的樂趣，在國家公園與自然保留地，探索熱帶雨林中的豐富物種和珍貴動物。

5. 尼加拉瓜（Nicaragua）

尼加拉瓜共和國（República de Nicaragua）號稱火山與湖泊之國，抵達首都馬納瓜（Managua）後，搭車到瑪薩雅火山國家公園（Parque Nacional Volcán Masaya）欣賞壯麗的火山錐。

▲尼加拉瓜（Nicaragua）的里昂教堂（El Calvario）

再到號稱美洲最古老的城市格蘭納達（Granada）和里昂（León），探訪西班牙殖民時期的街道與建築，其中里昂大教堂（Catedral Metropolitana）費時 100 年完工，是不可錯過的景點。最後到美麗的玉米島（Isla del Maíz），潛水欣賞海底美景。

6. 哥斯大黎加（Costa Rica）

　　哥斯大黎加共和國（República de Costa Rica）號稱中美洲的後花園，近 30% 的國土為保護區，保護區 13% 的面積為國家公園，您可以到聖蘿莎國家公園（Parque Nacional Santa Rosa）與其他國家公園，欣賞豐富多元的熱帶動植物。再到波阿斯火山（Volcán Poás）和阿蓮娜火山（Volcán Arenal），體驗活火山的蒸氣和岩漿。還有空查爾海灘（Playa Conchal）和莫薩海灘（Playa Hermosa）等數個著名海灘，別忘了到那裡走走。

▲哥斯大黎加（Costa Rica）的阿蓮娜火山（Volcán Arenal）

7. 巴拿馬（Panamá）

　　巴拿馬共和國（República de Panamá）擁有 20 世紀最偉大的人類工程：巴拿馬運河（Canal de Panamá），您還可以在自由貿易區（Zona Libre）享受購物的樂趣。最後記得安排幾天，到聖布拉群島（Archipiélago de San Blas），享受跳島之旅。

▲巴拿馬（Panamá）的巴拿馬運河（Canal de Panamá）

歡迎蒞臨南美洲國家

南美洲位於南半球，自巴拿馬地峽延伸至南部智利的合恩角（Cabo de Hornos），東鄰大西洋，西鄰太平洋，北鄰加勒比海。西部高聳的安地斯山脈（Cordillera de los Andes）從委內瑞拉延伸到乾燥的巴塔哥尼亞高原，長約 8000 公里，是全世界最長和第二高的山系。東部有圭亞那高地、全世界最大的河流盆地：亞馬遜盆地、巴西高原、荒蕪的查科（Chaco）地區、拉普拉塔（La Plata）平原、肥沃的潘帕斯（Pampas）草原。

南美洲共有 14 個國家和地區，包含以西班牙語為官方語言的哥倫比亞、厄瓜多、秘魯、智利、委內瑞拉、玻利維亞、巴拉圭（台灣的邦交國）、烏拉圭、阿根廷，以葡萄牙語為官方語言的巴西，還有位於南美洲北端的蓋亞那（使用英語）、蘇里南（使用荷蘭語）、法屬蓋亞那（使用法語）、福克蘭群島（英國屬地）。

厄瓜多、玻利維亞、秘魯是原住民人口最多的國家，而足球是南美洲各國最熱衷的運動。約 90% 的南美洲人信仰天主教，超過四分之三的人口集中在城市地區，形成利馬（Lima）、波哥大（Bogotá）、布宜諾斯艾利斯（Buenos Aires）等超過 750 萬人口聚集的超級大城市。

南美洲著名的印加文明（Inca）在 15 世紀以秘魯為發展中心，逐漸建立北起哥倫比亞，南至智利的帝國。西班牙人

在 16 世紀入侵南美洲之際，正值印加帝國的顛峰期，然而殖民軍隊帶來的傳染病，當地原住民沒有任何抵抗力，印加帝國變得不堪一擊。西班牙殖民者以秘魯的首都利馬，做為統治南美洲的中心，開始奴役當地人以便奪取豐富的礦產與資源，最後更引進非洲黑奴，補足因外來疾病不斷死亡的原住民勞動人口。

19 世紀，南美洲各國陸續脫離西班牙殖民而獨立。獨立後的和平時代沒有立刻降臨，強權獨裁與外國勢力影響政局，造成民生動盪不安。南美洲各國在二次戰後邁向工業化發展，然而由於外債、政府貪腐與不平等的社會體系，導致貧富不均。近年來南美洲各國左傾勢力與領袖浮出檯面，甚至勝選上台。未來南美洲各國的發展，值得繼續關注。

今日，當旅客踏上南美洲的土地，往往會訝異於南美洲千變萬化的風貌。不管是古老的文明遺跡和原住民的傳統聚落、殖民遺產，流行炫目的現代大都會文化；或是氣勢宏偉高山與冰川、廣大荒蕪的亞馬遜河流域、豐富多樣的野生物種與特殊動物、加勒比海沿岸時髦的度假勝地，在在吸引人們的目光。

現在，準備好您的背包，請跟著我們抵達魔幻遙遠的南美洲，體驗屬於您自己的南美洲之旅。

南美洲國家趴趴走我最行

氣候	不要懷疑，幾乎一整年都適合造訪南美洲，最佳旅遊季節端視您的目的地而定。 南美洲幅員廣大，從熱帶地區延伸到南極，氣候深受緯度與高度影響。 赤道以南從 12 月到隔年 2 月是夏季，6 月到 8 月是冬季。 南美洲超過三分之二的面積是熱帶地區，熱帶雨林地區日均溫約為攝氏 30 度。 巴拉圭與巴西南部是亞熱帶氣候，智利、阿根廷、烏拉圭是中緯度氣候，智利北部與秘魯的沿海地區是主要的乾燥地區。 海拔超過 3500 公尺的安地斯高原、智利與阿根廷的南端，日均溫為攝氏 10 度。
時差	較台灣慢 13 小時：哥倫比亞、厄瓜多、秘魯。 較台灣慢 12 小時：智利、委內瑞拉、玻利維亞、巴拉圭。 較台灣慢 11 小時：烏拉圭、阿根廷。
電壓	哥倫比亞、厄瓜多、委內瑞拉：110V。 秘魯、智利、玻利維亞、巴拉圭、烏拉圭、阿根廷：220V。
衛生情況	出發前請務必至台灣疾病管制局網站了解相關國家衛生訊息及疫苗接種需求。 需準備簡易基本藥品，並投保旅遊平安險。
簽證	**哥倫比亞：**持台灣護照入境觀光旅遊，15 至 60 天免簽證。 **厄瓜多：**開放各國國民免簽證，以觀光為目的、不分入境次數、於一年內得入境停留累積天數至多 90 天。 **秘魯：**持台灣護照享有觀光及過境免簽證，觀光停留最多 90 天並可延期。 **智利、委內瑞拉、玻利維亞、巴拉圭、烏拉圭、阿根廷：**需先申請簽證。

禮儀與 禁忌	請先徵求許可,再拍攝當地人,特別是原住民或原住民的慶 典與宗教儀式。 若您想拍攝店家或攤販,記得跟店家買點東西,您會獲得善 意的回應。 保持服裝儀容端裝整齊,您會獲得許多尊重。 先看當地人怎麼打招呼,再照做準沒錯。
危險與 麻煩	注意偷竊,行李不離身,房門隨時上鎖。 人多的時後背包往前背,金錢與重要物品請分開存放。 小心在街頭偽裝成警察或意外事故的詐騙手法,更不要接觸 毒品。 小心突如其來的地震,請立刻就地掩護。

暢遊西語系國家

　　拉丁美洲（América Latina）是 19 世紀才出現的名詞。1856 年,哥倫比亞學者在長詩中首度使用拉丁美洲這個概念。1862 至 1867 年,阿根廷學者的著作出現拉丁美洲的複合名詞,拉丁美洲的名稱從此確立。

　　1960 至 1970 年代,因為加勒比海地區的政治與經濟情勢變遷,國際組織逐漸將拉丁美洲改稱為「拉丁美洲和加勒比海地區」（América Latina y el Caribe）,以便更精準地描述當代的政治與經濟發展。

南美洲國家旅遊亮點

1 到哥倫比亞（Colombia）的首都波哥大（Bogotá），探訪迷人的教堂與博物館。再到南部的聖奧古斯丁（San Augustín），看看神祕的古文明遺跡。最後去北部的加勒比海岸享受海灘假期，探索叢林中的美洲古文化遺跡。

2 到厄瓜多（Ecuador）首都基多（Quito），漫步在殖民時期的街道與教堂，到世界中線（Mitad del Mundo）以雙腳同時跨越南北半球，最後到加拉巴哥群島（Isla Galápagos）欣賞珍奇的動植物。

3 從秘魯（Perú）的首都利馬（Lima）出發，沿路探訪殖民建築與古文明遺跡，從昔日印加帝國的首都庫斯科（Cuzco），前往舉世聞名的馬丘比丘（Machu Picchu），最後到的的喀喀湖（Lago Titicaca），欣賞迷人的景致。

4 到智利（Chile）首都聖地牙哥（Santiago）享受截然不同的南美歐式生活，到瓦爾帕萊索（Valparaíso）欣賞秀麗的港城景致。最後到復活節島（Isla de Pascua）與百內國家公園（Parque Nacional Torres del Paine），欣賞神祕的古文明遺跡和神奇的自然美景。

5 到委內瑞拉（Venezuela）的首都卡拉卡斯（Caracas）起程，到梅里達（Mérida），參加探險活動。最後，記得造訪世界上落差最大的安赫爾瀑布（Salto Ángel）。

6 到玻利維亞（Bolivia）的拉巴斯（La Paz）欣賞高居安地斯山的景致。前往的的喀喀湖（Lago Titicaca），在湛藍的湖水上享受時光。到烏尤尼鹽湖（Salar de Uyuni），看看奇異夢幻的風光。

7 到巴拉圭（Paraguay）啜飲冰馬黛茶（tereré），漫步在優美的首都亞松森（Asunción）。到伊維奎國家公園（Parque Nacional Ybycui）欣賞亞熱帶雨林。

8 到烏拉圭（Uruguay）首都蒙特維多（Montevideo）走走，到科洛尼亞（Colonia del Sacramento），享受鄉間風光。最後到埃斯特角城（Punta del Este），盡情享受海灘與陽光。

9 到阿根廷（Argentina）首都布宜諾斯艾利斯（Buenos Aires），享受美食、建築與探戈。體驗伊瓜蘇瀑布（Iguazú）的魅力，往南欣賞巨大的冰川。最後抵達烏斯懷亞（Ushuaia），這裡號稱世界的盡頭。

帶著西班牙語，
南美洲國家趴趴走！

1. 哥倫比亞（Colombia）

　　哥倫比亞共和國（República de Colombia）盛產咖啡、黃金、煤炭與綠寶石，今日是南美洲著名的旅遊勝地。這裡的原住民沒有發展出強大興盛的高度文明，但是散布在全國各地的小型文化，卻以卓越的鑄金技術聞名。繁榮熱鬧的首都波哥大（Bogotá），是您探訪的起點，這裡有迷人的教堂，豐富的博物館，精彩的夜生活。世界上最大的黃金博物館（Museo del Oro），收藏三萬四千多件金器；展出波特羅與其他國際藝術家畫作的波特羅博物館（Donación Botero），以及考古博物館（Museo Arqueológico），是必到之處。

　　位於北部錫帕基拉（Zipaquirá）的鹽教堂（Catedral de Sal），充滿神祕的氣息。南部的聖奧古斯丁（San Augustín），起伏山丘上的散布古代石像和遺跡、波帕揚（Popayán）是保有殖民風格的舊城。加勒比海岸的聖瑪爾塔（Santa Marta）與卡塔赫納（Cartagena），是海濱度假勝地。您還可以從聖瑪爾塔參加當地旅行團，前往藏身在山脈叢林中的美洲古文化遺跡，佩爾迪達城（Ciudad Perdida）。

2. 厄瓜多（Ecuador）

　　厄瓜多共和國（República del Ecuador）號稱赤道國，首都基多（Quito）位於安地斯山谷中，海拔超過 2800 公尺，是世界上離赤

道最近和第二高的首都。基多古色古香的殖民古城，有保存完整的殖民時代街道與多達87座的天主教堂，著名的教堂有聖法蘭西斯科（San Francisco）修道院，是最宏偉、最古老的教堂，融合西班牙、摩爾人與原住民的建築風格，聖多明哥（San Domingo）教堂與聖卡塔莉娜（Santa Catalina）修道院也值得一遊。記得早點搭計程車到小麵包山（El Panecillo）山頂欣賞基多聖女像（Virgen de Quito），俯視基多全城和周圍的火山。如果想來點刺激，您可以搭乘全長 2.5 公里，海拔 4100 公尺高的高空纜車（Teleférico），登上克魯茲洛瑪山（Cruz Loma）。別忘了到基多以北 22 公里最有名的世界中線（Mitad del Mundo），享受在南北半球之間跳躍的興奮。

　　如果您喜歡登山，別忘了到中部的欽博拉索野生動物保護區（La Reserva de Producción de Fauna Chimborazo），攀登欽博拉索火山（Volcán Chimborazo）。這座休火山從赤道區隆起，最高峰是離地心最遠（6310 公尺）的一點。往厄瓜多南部前進時，記得在中部太平洋海岸的小城停留，欣賞優美的海景。抵達厄瓜多最大、最熱鬧的海港城市瓜亞基爾（Guayaquil）後，您可以從這裡參加當地旅行團，造訪因生態學家達爾文而舉世聞名的加拉巴哥群島（Isla Galápagos），由 9 個主要島嶼和許多小島組成，這裡號稱活的生物進化博物館，有許多珍奇的動植物，包括全世界最大也是唯一僅有的海洋鬣鱗蜥。

3. 秘魯（Perú）

　　秘魯共和國（República del Perú）是南美洲第三大國，印加（Inca）帝國的發展中心，超過 40% 的人口是原住民。首都利馬（Lima）是

▲秘魯（Perú）的馬丘比丘（Machu Picchu）

西班牙殖民拉丁美洲時的統治中心，留下許多值得造訪的廣場、古教堂與建築。位於利馬北方的昌昌（Chan Chan）遺跡，是當地原住民建造的世界最大泥磚城。位於利馬南方的納斯卡（Nazca）線，您可以搭飛機俯瞰二千多年前原住民留下的各種神祕線條。第二大城阿雷基帕（Arequipa），四周環繞著活火山、世界最深的峽谷、高海拔沙漠，亦是您前往庫斯科與馬丘比丘的中繼站。

庫斯科（Cuzco）是昔日印加帝國的首都，住在這裡的原住民至今依舊通行克丘亞語（Quechua），許多殖民時期的教堂與建築物建立在印加人開闢的石基之上。舉世聞名的馬丘比丘（Machu Picchu）座落在陡峭的山巔，可以走印加古道或從庫斯科搭乘公車或火車抵達。的的喀喀湖（Lago Titicaca）座落在秘魯與玻利維亞兩國的邊境，位於海拔 4000 公尺的高地，傳說這裡是印加文明的誕生地，您可以在這裡欣賞以蘆葦編織成的浮島和船，以及迷人的景致。

4. 智利（Chile）

智利共和國（República de Chile）是全世界最狹長的國家，超過七成的人口是原住民與歐洲人的混血（Mestizo）、二成的人口是白人，您可以在這裡體驗南半球的歐洲生活方式。位於安地斯雪山下的首都聖地牙哥（Santiago），是您探訪智利的絕佳起點，每年 6 月到 10 月可以到鄰近的滑雪場滑雪，造訪知名的葡萄酒廠。

位於太平洋灣岸的港口瓦爾帕萊索（Valparaíso），詩人聶魯達最愛的山城，您可以漫步在蜿蜒陡峭的街道，搭乘纜車欣賞秀麗的景致。繼續往南部走，到百內國家公園（Parque Nacional Torres del Paine）親眼見證

▲智利（Chile）的復活島（Isla de Pascua）

壯麗的冰河與湖光山色。搭乘班機到復活節島（Isla de Pascua, Rapa Nui）欣賞巨大神祕的 600 多尊石雕像。

5. 委內瑞拉（Venezuela）

委內瑞拉玻利瓦爾共和國（República Bolivariana de Venezuela）因馬拉開波湖（Lago de Maracaibo）底下的石油致富，號稱選美王國，曾拿下多次世界性選美比賽的后冠。從首都卡拉卡斯（Caracas）出發，這裡是南美洲發達的城市之一，氣候宜人，景致壯麗。到號稱紳士之城（La Ciudad de los Caballeros）的梅里達（Mérida），參加健行、泛舟、溯溪、高崖跳傘等各項探險活動。前往東南部的玻利瓦爾城（Ciudad Bolívar），逛逛舊城區。接著起程前往卡奈依馬（Cannima），搭船或輕型飛機欣賞世界上落差最大的安赫爾瀑布（Salto Ángel），高達 979 公尺的落差，從山頂飛奔而下。

6. 玻利維亞（Bolivia）

　　玻利維亞共和國（República de Bolivia）是南美洲的內陸國，號稱世界的屋頂，也是南美洲原住民最多的國家之一。當班機抵達全世界最高的城市拉巴斯（La Paz），記得預備可能出現的高山症，放慢腳步，欣賞這個高居安地斯山的城市。前往的喀喀湖（Lago Titicaca），租條小船在湛藍的湖水上享受時光，欣賞岸邊的原住民村落，傳說中印加人的祖先從湖裡的太陽島（Isla del Sol）出現。往南行程車欣賞烏尤尼鹽湖（Salar de Uyuni），為您的旅程添加奇異

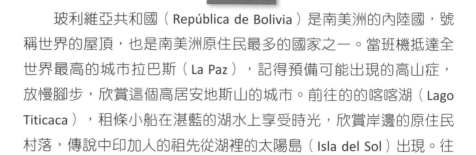

▲玻利維亞（Bolivia）的喀喀湖（Lago Titicaca）

夢幻的回憶。法定首都蘇克雷（Sucre）建於 16 世紀，也是值得造訪的殖民城市。北部高原上的蒂亞瓦納科（Tiahuanaco） 遺址，這裡的原住民曾經發展出進步的美洲古文明。

7. 巴拉圭（Paraguay）

　　巴拉圭共和國（República del Paraguay）是南美洲中部的內陸國，也是台灣的邦交國。除了西班牙語，這裡也通行瓜拉尼語（Guaraní）。首都亞松森（Asunción）有許多西班牙式的建築，緩慢的生活步調，帶您細細品味這座優美的河港。南部的伊維奎國家公園（Parque Nacional Ybycui）是一座美麗的亞熱帶雨林，您可以欣

賞美麗的瀑布和水潭，還有四處飛舞的藍蝶。最後，記得品嚐巴拉圭著名的冰馬黛茶（tereré）。

8. 烏拉圭（Uruguay）

　　烏拉圭東岸共和國（República Oriental del Uruguay）號稱南美的瑞士和鑽石國，境內綿延 500 公里的沙灘，是當地旅遊發展的天然資源。首都蒙特維多（Montevideo）是全國最大海港，您可以到舊城區逛逛博物館，欣賞這裡的建築物。往西抵達科洛尼亞（Colonia del Sacramento），走在鵝卵石鋪成的小路，享受鄉間風光。繼續往東出發到埃斯特角城（Punta del Este），這裡是迷人的海灘度假區，您可以在海灘上盡情享受海上活動，再到酒吧暢飲。

9. 阿根廷（Argentina）

　　抵達南美洲之旅最後一站，阿根廷共和國（República Argentina）。有美洲巴黎之稱的首都布宜諾斯艾利斯（Buenos Aires），大多數居民是歐洲人後裔，有許多西班牙和義大利風格的建築，也是探戈（Tango）的發源地，您更可以在這裡享受美味的阿根廷烤肉，在城市各處的咖啡館耗上一天。往北走抵達伊瓜蘇國家公園（Parque Nacional Iguazú），親身體驗伊瓜蘇瀑布（Iguazú）的聲響與張力。往南走到冰川國家公園（Parque Nacional Los Glaciares），崩落的冰山發出的聲響和晃動，絕對讓您無法忘懷。最後抵達火地島（Tierra del Fuego）首府烏斯懷亞（Ushuaia），這裡是地球最南端的城市，也是往南極的中繼站，請細細回味抵達世界盡頭的感動。

繽紛外語系列 47

帶著西班牙語趴趴走

作者：José Gerardo Li Chan
譯者：Esteban Huang
責任編輯：紀珊
校對：繽紛外語西班牙語編輯小組

西語錄音：José Gerardo Li Chan、陳培庭
錄音室：不凡數位錄音室、采漾錄音製作有限公司
視覺設計：Yuki
美術插畫：Ruei Yang、吳孟珊

董事長：張暖彗
社長兼總編輯：王愿琦
主編：葉仲芸
編輯：潘治婷
編輯：紀珊
美術編輯：余佳憓
業務部副理：楊米琪
業務部專員：林湲洵
業務部助理：張毓庭

出版社：瑞蘭國際有限公司
地址：台北市大安區安和路一段 104 號 7 樓之一
電話：(02)2700-4625
傳真：(02)2700-4622
訂購專線：(02)2700-4625
劃撥帳號：19914152 瑞蘭國際有限公司
瑞蘭網路書城：www.genki-japan.com.tw

總經銷：聯合發行股份有限公司
電話：(02)2917-8022、2917-8042
傳真：(02)2915-6275、2915-7212
印刷：宗祐印刷有限公司
出版日期：2015 年 6 月初版 1 刷
定價：350 元
ISBN：978-986-5639-24-2

國家圖書館出版品預行編目資料

帶著西班牙語趴趴走 / José Gerardo Li Chan 著；
Esteban Huang 譯
-- 初版 . -- 臺北市：瑞蘭國際 , 2015.06
176 面；17X23 公分 --（繽紛外語系列；47）
ISBN 978-986-5639-24-2（平裝附光碟片）

1. 西班牙語 2. 旅遊 3. 會話

804.788   104008449

瑞蘭國際

瑞蘭國際

瑞蘭國際